到灯塔去

[英]弗吉尼亚·伍尔夫——著

王家湘——译

北 京 出 版 集 团
北京十月文艺出版社

图书在版编目（CIP）数据

到灯塔去 /（英）弗吉尼亚·伍尔夫著 ；王家湘译
．— 2 版．— 北京 ：北京十月文艺出版社，2021.5（2024.6重印）
ISBN 978-7-5302-2107-5

Ⅰ．①到… Ⅱ．①弗… ②王… Ⅲ．①长篇小说—英国—现代 Ⅳ．① I561.45

中国版本图书馆 CIP 数据核字 (2020) 第224818号

到灯塔去
DAO DENGTA QU
［英］弗吉尼亚·伍尔夫 著 王家湘 译

出 版 北 京 出 版 集 团
北京十月文艺出版社
地 址 北京北三环中路 6 号
邮 编 100120
网 址 www.bph.com.cn
发 行 新经典发行有限公司
电话（010）68423599
经 销 新华书店
印 刷 北京盛通印刷股份有限公司
版 次 2021 年 5 月第 2 版
印 次 2024 年 6 月第 5 次印刷
开 本 880 毫米 ×1230 毫米 1/32
印 张 9
字 数 163 千字
书 号 ISBN 978-7-5302-2107-5
定 价 49.00 元
质量监督电话 010-58572393
如有印装质量问题，由本社负责调换。

译序

一九八八年，英国著名文学评论家马尔科姆·布拉德伯里对弗吉尼亚·伍尔夫在二十世纪文学中的贡献作了如下的评论：

她全部创作之丰富和成就之巨大——不仅是九部小说、女性主义文章、书籍评论和罗杰·弗莱伊传，而且还有发表在杂志上的文章、日记以及书信，其中相当一部分是在她去世后出版的，现在还不断出版——使她一度曾被指责为狭隘的作品变得越来越成为她的时代、她的精神世界和现代艺术思想的精髓。

这段话可以说概括了伍尔夫在文学上的成就。从她一九一五年发表《远航》以来，读者和评论界对她的认识经历了一个发展的过程。早期主要认为她是一个反传统的先锋派作家，以意识流手法和创作技巧上的创新见长。二十世纪七十年代以来，心理传记派、心理分析学派、马克思主义文论派、女性主义评论家、从作品的社会政治性进行分析的研究者、从现代主义创作手法入手的分析家已经用今天存在的一切文学理论从一切角度对伍尔夫的作品进行了全面的诠释，为读者深入了解这些难懂的作品提供了方便。

伍尔夫认为，用传统的现实主义手法进行创作不能捕捉住真正的生活。她眼中的真正的生活、真正的现实是变动不已的、未知的、不受拘束的、像一个明亮的光轮般的人的精神世界。她的全部创作活动就是探索一种手段，以求最好地表达她所理解的这种生活，这种真正的现实出于对生活和现实的这种独特理解，她自然认为传统的创作方法只能反映事物的外部，反映不了事物复杂多变的本质。她认为作家必须站在作品中不同人物各自的立场上去观察、倾听、思考，把所得到的印象、情绪、心境、氛围重新组织，再现出生活与现实的精神和实质。伍尔夫从个人的感受出发探索生活的价值，这使得她的作品带上了强烈的内向性。她逐渐发展了一种灵活多变的、印象主义的、重表现思维不重表现行动的创作风格。

这次翻译出版的伍尔夫的三部作品《雅各布之屋》、《达洛维夫人》和《到灯塔去》充分反映了她作品的特点。这三部都是意识流小说，如果说还有传统意义上的故事情节的话，那么情节也是简单得一句话就可以说完。例如，《达洛维夫人》写的是一九一九年夏季某天，达洛维夫人早上出门为晚宴购物到晚宴结束的一天的生活，这无论是在吸引读者去读这本书或帮助读者去理解这部作品上都没有什么意义。那么，这是三部怎样的作品，我们应怎样阅读它们呢？

《雅各布之屋》是伍尔夫所写的第三部小说。在此之前发表的《远航》和《夜与日》是用较为传统的创作手法写的。《雅各布之屋》是伍尔夫第一部开始采用意识流手法的实验作品。她不顾事件发生的时间顺序，在描写事物时如电影中镜头般迅速化出化入，贯穿整个作品的是作者的观察和思索。伍尔夫不断变化叙述的角度，甚至创造了一些主要作用只是为了叙述他们对雅各布的印象的人物。雅各布的一生，从童年到离家去剑桥大学读书，到在伦敦有自己房间的独立生活，到他短暂的法国和希腊之行，以及最后在战争中阵亡，都是通过他留在亲友心目中的各种不同印象，以及他的内心活动反映出来的。他一生留下的具体的、可触摸的痕迹只有他在伦敦独自生活时所住的那个房间，里面有他的私人用品，这些遗物又在认识他的人的心中激起对他的回忆。读者在阅读时感到仿佛在翻阅主人公的一本相册，出现在眼前的是一幕幕生活的横断面，没有引言、没有结语，始终捕捉不住人物的性格和特点，使人感到一种朦胧的神秘。作者在环境的描写中往往蕴涵着象征意义，往往用评论点出寓意，用人物对事物的观察表现主题。一些评论家指出，在这样一部散文诗般优美却又含义晦涩的作品中，伍尔夫充分写出了她对战争的反感。作品中充满了对英国教育文化结构的辛辣抨击，它使年轻人充满了尚武思想，变成心甘情愿的战争牺牲品；揭示了古老的所谓知识至上的最高学府如何生产着一代又一代傲视众生的、权力和特权的接班人。

《达洛维夫人》的结构框架是女主人公克拉丽莎生活中的一天，这一天的主要活动是达洛维夫人在家中举行的晚会。但是读者面前展现的远不止她一天的所作所为，而是她的一生、她的性格和她和家人、朋友的关系。三十多年前的旧情人彼德的出现勾起了她对自己少女时代的回忆，眼前的事物使她思索自己目前的处境、老年的来临带来的对死亡的恐惧、客人的到来引起的对人际恩怨的回顾。除了克拉丽莎外，作者对彼德和在战争刺激下精神失常而自杀的塞普蒂默斯的内心世界也作了深层次的探索。通过每个人物的回忆、联想、希望、幻灭，作者超越了时空的限制，进出于人物的内心世界。伍尔夫时而停留在某个人物身上，随着人物的意识活动在时间上任意前后跳跃；时而停留在时间的一点上，从一个人物跳跃到另一个人物身上，展示出在同一时间不同空间人物的不同活动和思想。当作者探索一个人物的内心活动时，往往不时用各种方式暗示是谁的内心活动，以免读者在人物自由联想的过程中失去了线索；而当她的笔要从一个人物转到另一个人物身上时，她往往用伦敦大本钟报时的钟声先把读者带回现实之中，然后再转到另一个人的意识中去。在对人物纷繁的意识的表现中，读者能够感觉到一条贯穿其中的主线，那就是作者对当时英国统治阶级的审视。她活灵活现地写出了统治阶级的愚昧，充满了粗暴的男性至上观念和对王室及帝国的盲目崇拜和效忠。这样的一种社会氛围使一些受害者绝望自杀，另一些寻求安逸，放弃了追求。

《到灯塔去》由三个部分组成。第一部分“窗”描写的是拉姆齐教授一家和几个朋友在海滨度假生活中一个下午和晚上，中心是晚餐。第二部分“岁月流逝”用淡淡的几个镜头和回忆，展现了这所别墅因主人在战时无暇来度假而逐渐破败下来，而在此期间，拉姆齐家中夫人及长女先后死去，长子也在战争中阵亡。第三部分“灯塔”讲的是十年以后拉姆齐先生和小儿子詹姆斯、女儿卡姆乘小船去到了灯塔，实现了十年前詹姆斯的愿望；画家莉莉·布里斯科终于完成了十年前开始而因找不到感觉停顿下来的那幅拉姆齐夫人和小詹姆斯的画。

表面看来，这部小说就像有钱有闲的中产阶级的懒散的消夏生活，充满了没有起点也没有结尾的社交闲谈，人们对生活中一些人和事的反映，以及由此而生的联想。没有惊人的事件，没有太多的活动，平平淡淡。所反映的生活现实，用小说中不止一次出现的譬喻来形容，很像坐在一列疾驶的火车中的人向窗外看去时的感觉，他看见人群、景物在窗外闪过，目光刹那间停留在某处，似乎感到看见了什么，但旋即消失得无影无踪。这就是伍尔夫心目中的现实和生活，即一个笼罩着我们的半透明的外壳。小说中的情节具有强烈的象征意义，如莉莉作画，到灯塔去等，但象征的究竟是什么，亦即小说反映的主题思想是什么，评论家也是见仁见智，莫衷一是。阿诺德·凯特尔在《英国小说导论》中提到伍尔夫这部作品时说，“要想恰当地说出《到灯塔去》表现的是什么是极其困难的。许多评论家使用了‘象征’这个字眼，但看来在究竟什么象征着什么上，他们之间极少共同看法。”[1]

以灯塔为例。戴维·戴希斯在分析了小说的各个方面之后认为，灯塔“既是个独特的存在，又是不断变化中的历史的一个部分。从某种意义上说，到达灯塔意味着和自我以外的真实世界接触，放弃自我的独特性，接受客观的现实。”[2]A.D. 穆迪则认为，拉姆齐夫妇对现实的不同理解在灯塔身上达到了一致；一方面灯塔是建立在光秃的岩石上的坚实的物质存在，这代表拉姆齐先生的理性和物质的现实；另一方面从灯塔内发出的闪光象征着拉姆齐夫人所代表的精神的现实，这是生活的本质。作者在这部小说中确实是通过拉姆齐夫妇表现了两种现实观。而且力图寻求二者结合的可能。伍尔夫本人是重视物质现实在人的内心和精神上的反映的。

对伍尔夫作品的认识和理解，从评论界到读者都有一个不断深入的过程。她的作品开始出现后，一直受到评论界的关注。前面已经提到，早期评论界主要对她的现代派手法感兴趣。从七十年代中期开始，对伍尔夫的研究进入了多角度的审视阶段，这与昆廷·贝尔（Quentin Bell）于一九七二年出版了伍尔夫的传记有直接关系。贝尔不仅了解伍尔夫，而且大量利用了伍尔夫从未发表过的私人材料。在七十年代和八十年代，随着伍尔夫日记的编辑出版（1977—1984，五卷集）和七卷书信集的出版，特别是在伍尔夫的丈夫莱昂纳德于一九六九年去世后，在夫妇二人

---

1 凯特尔，《英国小说导论》，哈金森出版公司，1974，91 页。

2 戴希斯，《弗吉尼亚·伍尔夫》，格林伍德出版社，36 页

留下的材料中发现了伍尔夫许多生平回忆片段，其中最为重要的是在她去世前不久写的关于个人童年和青年时代的回忆《回忆随笔》(*Sketch of the Past*),后为汇编成集,这就是一九七六年出版的《顿悟时刻》(*Moments of Being*)。同时，她的许多小说的初稿被陆续出版。她生前匿名在《泰晤士报文艺增刊》上发表的文章，经过研究者的查证汇编成六卷《弗吉尼亚·伍尔夫文集》。一九九〇年，米切尔·李斯卡（Mitchell Leaska）编辑出版了伍尔夫一八九七到一九〇七年的日记及文章集《炽烈的艺徒》(*A Passionate Apprentice*)。在她逝世五十年后，她的文集全部出齐。这大量“新作”的通现，将伍尔夫的研究推入了高潮。各路评论家都在伍尔夫的研究上大显身手。

心理传记派评论家如鱼得水。如梅法姆（John Mepham）在《弗吉尼亚·伍尔夫：文学生平》(*Virginia Woolf:A Literary Life*）中强调她创作的创新试验，认为她的每一部作品都反映一种不同的技巧和形式的创新，而她的每一个尝试都是为了寻找一种反映意识和生活的新方法。她整个的创作生涯是一系列企图解释生活的永无穷尽的努力。他认为伍尔夫受到自己性格的不同方面、自己的不同信念和不同功力的影响和驱使，因此会时而重墨于人物的内心世界，时而描绘使人物处于特定心态中的社会文化等外部因素。她本人是重重矛盾的混合体，体现在作品中就要构成了这样一些特点的共存：既不切实际又物质主义，既有神秘主义又有政治性，既是诗人又是社会批评家，既重事实又重幻想。

有的评论家则从社会政治角度分析她的作品，如亚历克斯·兹沃德林（Alex Zwerdling）在一九八六年出版的《弗吉尼亚·伍尔夫和现实世界》（*Virginia Woolf and the Real World*）一书中，向认为伍尔夫的作品没有政治性、不关心社会问题的观点提出挑战。（伍尔夫的丈夫莱昂纳德评价妻子是“自亚里斯多德创造了‘政治动物’一词以来最不具有此特点的人”，这对早期的伍尔夫评论家有很大的影响。）兹沃德林认为伍尔夫一生对社会权力结构和运作极感兴趣，并受到挑战及改革这个权力关系的愿望驱使，是位社会批评家和改革者。她相信人的个体经历是在社会现实中形成的，她力图在作品中反映这一形成的过程。不仅是她的女权主义的文章中有强烈的社会性，兹沃德林认为她所有的小说都具有这个特点，而对她本人心理的探究和对她作品中人物主观意识流动的超常兴趣使人们忽略了她作品中这方面的丰富内容。在兹沃德林之前，美国女权主义评论家就已指出，伍尔夫毕生都是个男权社会的批评者，因此兹沃德林并不是第一个提出伍尔夫是个社会批评者的人，但是尽管兹沃德林同意罗斯 (P.Rose) 在《女作家弗吉尼亚·伍尔夫生平》（*Woman of letters:A Life of Virginia Woolf,1978*）中的观点，即认为伍尔夫感情和思想的核心是她的女权主义观念，他指出伍尔夫作品中所反映的社会问题决不是性别歧视所能够涵盖的。他在书中详细分析了伍尔夫作品中的社会内容，研究她创作每一部作品时的社会历史特点，他认为不如此则无法理解作品的真正意义。兹沃德林对伍尔夫对待阶级和财富的态度也做了很有见地的分析：伍尔夫和她圈子里的朋友——如布鲁姆斯伯里的成员——认为有钱的精英家庭所起的重要社会作用是提供知识贵族、负有继承并推进社会文明美德的责任(如对美的敏感、重视精神享受和友谊)。一战后工人运动的发展和中产阶级务实观念的流行大大冲击了知识贵族们的理念和自负，造成伍尔夫精神上的不安、混乱和绝望。

马克思主义评论家对伍尔夫的阶级态度的分析评论集中在《达洛维夫人》上。最早的一篇文章是威廉·燕朴逊(Willtam Empson)的《作为政治讽刺文学的“达洛维夫人”》(*Mrs Dalloway as a Political Satire*, *1932*)。燕朴逊认为伍尔夫对统治阶层和对他们持批评态度的人都有着一定的同情，表现在对达洛维夫人晚会上的权贵既讽刺又羡慕的描述上。到一九七〇年，特里·伊格尔顿在《流放与逃亡：现代文学研究》(*Exiles and Emigres*：*Studies in Modern Literature*)中进一步发展了这一论点，他认为作者通过彼德·沃尔什这个人物反映了对社会的批评，但同时又把他表现成一个乖僻的人。小说对英国上层阶级的生活和社会习俗既批评又支持。伊格尔顿分析伍尔夫既意识到阶级存在的问题，又保有上层阶级的文化贵族的精神追求，因此不可能对社会问题持明确的批判态度。她所代表的是这样的一个阶层：它一方面偏离统治阶级的价值观，但又依附于它，以保持自己有钱有闲的精神贵族的生活。在她的小说中也必然会反映出这种和上层阶级既有偏离又有认同的特点。霍桑(J.I lawtborn)在一九七五年出版的《弗吉尼亚·伍尔夫的“达洛维夫人”：异化的研究》(*Vingina Woolf's "MrsDalloway"*：*A Study in Alienation*)中指出，作者对外部世界特别是她圈子以外人们的劳动和生活的了解是片面的，因此虽然有时能看到社会弊端，却无法为她身处矛盾中的人物找到出路。

对伍尔夫作品的评价决不是一篇序言能够做到的。笔者只希望，读者在读了这篇短文后，能够充分利用作者给我们留下的巨大的赏析空间，去欣赏这位重要的英国女作家的具有代表性的三部作品。

伍尔夫作品的魅力正在于它们为读者留下了巨大的赏析空间。

第一部　窗

To the Lighthouse　Virginia Woolf

3

1

“当然，要是明天天气好，我们一定去，”拉姆齐夫人说，“不过你可得起大早才行。”她补充道。

她的话带给了儿子极大的快乐，好像一旦决定了，这次远游就一定会实现。在一个晚上的黑暗和一个白天的航行以后，他盼望了仿佛多少年的奇迹就会出现在眼前。詹姆斯·拉姆齐只有六岁，但他属于那个不会区分不同感觉、必须使未来的期望随同其欢乐和悲伤影响现实的伟大一族，对于这种人，即使在幼小的童年时代，感觉之轮的每一转动都具有把忧郁或欣喜的一刻结晶、固定的力量。这时他坐在地上，正在剪陆海军商店商品目录册上的图片，妈妈的话使他在剪一张冰箱的图片时感到心花怒放。四周充斥着快乐。小手推车、割草机、沙沙作响的白杨树、雨前泛出白色的树叶、呱呱嘈叫的白嘴鸦、摇摆的金雀花、窸窸窣窣的衣裙——一切在他心中是这样生动清晰，他已经有了只属于他自己的代码，他的秘密语言。从外表上看他十足一副坚定严肃的神态，高高的前额，犀利的蓝眼睛带着无瑕的纯洁坦诚，看到人类的弱点就微微皱起眉头。母亲看着他用剪刀整齐地沿着冰箱的边缘移动，想象他穿着饰有貂皮的红袍坐在法官席上，或在公众事务出现某种危机时指挥一项严峻而重大的事业。

“可是，”他的父亲在客厅窗前停下说，“明天天气不会好的。”

要是手边有斧头、拨火棍，或者无论什么能在他父亲胸口捅个窟窿把他当场杀死的武器，詹姆斯都会把它抓起来的。拉姆齐先生只要在场，就会在他子女的心中激起如此极端的感情。现在他站在那里，瘦得像把刀，窄得像条刀刃，满脸嘲笑的神气，不仅因使儿子失望和使在各方面都比他好一万倍（詹姆斯这样认为）的妻子显得可笑而高兴，而且还因自己判断的准确性而得意。他说的是实话。永远是实话。他从来不会不说实话，从不篡改事实，从不为使任何人高兴或方便而改掉一个不愉快的词，对自己的孩子更是如此。他们是他的亲骨肉，应该从小就意识到人生是艰难的；事实是毫不留情的；要抵达我们最光明的希望被熄灭、我们脆弱的小舟在黑暗中沉没的那个传说中的世界（说到此处，拉姆齐先生就会挺直腰板，眯起小小的蓝眼睛遥望地平线），一个人最最需要的就是勇气、真理和毅力。

“但是明天天气可能会好——我想会好的。”拉姆齐夫人说着不耐烦地轻轻扭了一下正织着的一只红棕色的袜子。如果她今晚能够织完，如果他们明天真能到灯塔去，就要把袜子带去送给灯塔看守人的小男孩，他得了髋骨结核。还要带上一大堆旧杂志和一些烟草。其实，只要她能找得到的、四处乱放着没什么用处只会使屋子凌乱的东西，她都要拿去给那些可怜的人，使他们有点消遣的东西。他们整天坐在那儿，除了擦灯、修剪灯芯，在他们一丁点儿大的园子里耙耙弄弄之外，什么别的事情也没有，一定烦闷得要命。她常常会问，要是你被禁闭在一块网球场大小的岩石上，一待就是一个月，遇上暴风雨天气可能时间还要长，你会有什么样的感觉？没有信件或报纸；看不到任何人；你要是结了婚，见不到妻子，也不知道孩子们怎么样——是不是生病了，有没有摔断胳膊腿；一周又一周地看着单调沉闷的波涛撞碎成飞溅的浪花，然后可怕的暴风雨来临，于是窗上布满飞沫、鸟儿撞上灯塔、整个地方都在震撼、连把头探出门外都不敢，生怕被卷入大海。要是这种情况，你会觉得怎样？她常常提出这个问题，特别是对女儿们提。她用很不一样的口气接下去说，因此，应该尽可能给他们带去一点安慰。

“风向正西。”无神论者坦斯利说，一面张开骨瘦如柴的手指好让风从指间穿过，他正和拉姆齐先生一起，在平台上来来回回地进行傍晚时的散步，也就是说，风来自最不利于在灯塔着陆的方向。是的，他确实爱说讨人嫌的话，拉姆齐夫人想，现在又故意重复这让人不爱听的话，使詹姆斯更加失望，实在可恶；但同时她又不允许孩子们嘲笑他。他们称他为“无神论者”，“那个小个子无神论者”。萝丝嘲弄他；普鲁嘲弄他；安德鲁、贾斯珀、罗杰嘲弄他；就连一颗牙也没有了的老狗巴杰都咬过他。原因是（按南希的说法），他是第一百一十个追随他们一直到赫布里底群岛的年轻人，而他们觉得没有外人在一起要好得多。

“胡说。”拉姆齐夫人十分严厉地说。她能忍受他们从她那儿学来的夸张的习惯，以及暗示她请的留宿的客人太多（这是事实），以至于不得不把有些客人安顿到城里去住，但她不能容忍对客人无礼，特别是对青年男子，这些人穷得一文不名，她丈夫说他们都“极有才能”，是他的崇拜者，是来他们这里度假的。确实，她把所有的男性都放在她的保护之下；其原因她无法解释。因为他们的骑士风度和英勇气概；因为他们所做的议定条约、统治印度、管理金融的事；最后还因为他们对她的态度，有种稚气的信赖和崇敬，没有哪个女人会觉察不到或不会因此而感到愉快。一个上年纪的女人可以接受青年男子的这种信赖和崇敬而不会失去自己的尊严，但若是一个不能刻骨铭心地感受到其价值和全部意义的年轻姑娘接受了这种信赖和崇敬，那就会是一场灾难——祈求上帝可千万别是她的女儿们。

她严厉地转向南希。他并没有追随他们，她说，他是应邀而来的。

他们必须找到个办法来解决这一切。可能会有什么更简单的办法，不那么费劲的办法，她叹了一口气。当她向镜子里看去，看见自己的头发白了，面颊凹陷；五十岁了，她思忖着，也许她本来有可能把事情处理得好一点——她的丈夫、钱财、他的书籍。但是就她个人来说，她对自己的决定永远不会有丝毫的后悔，永远不会回避困难或敷衍塞责。现在她看起来令人生畏，只是在她就查尔斯·坦斯利说了这番严厉的话后，她的女儿们——普鲁、南希、萝丝——才从餐盘上抬起眼睛，默默地琢磨她们在和母亲不同的生活中逐渐形成的离经叛道的思想；也许是巴黎的生活；更为无拘无束的生活；不用总是照顾某个男人；因为在她们心里对于尊重女性和骑士风度、对于英格兰银行和印度帝国、对于戴戒指的手指和带花边的华丽服饰，都抱着无声的怀疑。尽管对她们来说这一切包含着本质的美，呼唤出她们少女心中的男子气概，使她们在母亲的目光下坐在餐桌旁时，对她奇怪的严厉、对她像女王把乞丐的一只脏脚从泥浆里拿出来洗净那样的极度谦恭有礼产生了崇敬之情；母亲因为她们谈到那个一直追随她们到——或更确切地说，被邀请到——斯凯岛来的讨厌的无神论者而这样极其严厉地告诫她们，也使她们产生了崇敬之情。

“明天不可能在灯塔靠岸。”查尔斯·坦斯利双手啪的一声拍拢说道。他正和她丈夫一起站在窗口。真的，他该说够了吧。她真希望他们俩离开，别再打搅她和詹姆斯，他们自己继续去聊。她看着他。他真是个可怜的家伙，孩子们说，满脸疙疙瘩瘩。不会打板球；他只会乱捅；他只会瞎搅。他是个爱挖苦人的可恶东西，安德鲁说。他们知道他最喜欢什么——没完没了地和拉姆齐先生来来回回地散步，说说谁赢得了这，谁赢得了那，谁在拉丁文诗歌上是“一流人物”，谁“才华横溢，但我认为在基本论述方面不扎实”，谁毫无疑问是“巴利奥尔最有才干的人”，谁现在在布里斯托尔或贝德福暂时不露峥嵘，但等到他给数学或哲学的某一分支学科所写的导论发表之时，就肯定会声名大震，如果拉姆齐先生想看的话，坦斯利先生这里有这篇文章头几页的校样。他们谈论的就是这些东西。

她自己有时候也忍不住笑出来。有一天她说了句关于“浪如山高”之类的话。不错，查尔斯·坦斯利说，是有点风浪。“难道你浑身没有湿透吗？”她问道。“湿了，但没透。”坦斯利先生拧拧袖子、摸摸袜子，说道。

不过孩子们说他们讨厌的不是这，不是他的长相，不是他的举止。是他这个人——是他的观点。他们对查尔斯·坦斯利的抱怨是，当他们谈论些有趣的话题：人物、音乐、历史等任何东西，甚至只是说一句今天傍晚天气多好，干吗不在外面坐一会儿什么的，坦斯利要是不把谈话来个一百八十度的大转弯，表现自己、贬低他们，以他特有的尖刻把一切剥得赤裸裸的搞得他们心烦意乱就绝不满足。有人说，他会在美术馆里问人家喜不喜欢他的领带。萝丝说，上帝知道，谁会喜欢呀。

一吃完饭，拉姆齐夫妇的八个儿女就像小鹿般悄没声息地从饭桌旁溜走，躲进自己的卧室。在这所房子里，只有卧室才是属于他们的不受干扰的天地，在这里他们可以就任何事进行争论：坦斯利的领带，一八三二年议会选举法修正法案的通过，海鸟和蝴蝶，各种各样的人物。他们谈论之时，阳光泻进阁楼上的这些小屋，由于小屋之间只有一板相隔，所以每一个脚步声都能听得清清楚楚，还有那瑞士姑娘为在格里松斯的山谷中因身患癌症将不久于人世的父亲的低泣声。阳光照亮了球拍、法兰绒内衣、草帽、墨水瓶、颜料罐、甲虫、小型鸟类的头骨，并且晒得钉在墙上的一条条长长的、四边卷皱的海藻散发出水草的盐腥气味，海水浴时用过的沾着沙粒的浴巾上也有这股气味。

冲突、分裂、意见不一、偏见交织进了人的存在的本身；啊，他们竟然小小年纪就开始了这一切，拉姆齐夫人叹息道。他们太挑剔了，她的孩子们。他们净说些废话。她拉着詹姆斯的手走出餐厅，因为他不愿意跟别的孩子们去。她觉得都是胡闹——天知道，没有他们去制造分歧人们之间的分歧已经够多的了。真正的分歧，她站在客厅窗旁心里在想，已经够多的了，真是够多的了。那时她心中想到的是，贫富贵贱之别；她对出身高贵的人既怀着几分敬意，也半带怨恨，因为她自己的血管中不就流着那个具有些许神话色彩的意大利名门贵族家庭的血液吗？这个家族的闺秀们在十九世纪中分散到了英国的客厅里，她们谈吐娇媚可人，感情强烈奔放；她本人的一切机智风度和脾性都是来自她们，而不是来自懒散的英国人，或冷漠的苏格兰人。但是使她更为深思的却是另外那个问题，即贫富的问题。她想到在这儿或伦敦，她每天、每星期亲眼目睹的一切。当她挎着提包，拿着铅笔和笔记本去亲身访问这个寡妇或那个为生活挣扎的妻子时，她在仔细画好竖格的本子上一项项记下工资和支出、就业或失业，希望这样她就不再是一个半为了缓和自己的义愤、半为了满足自己的好奇心而去行善的个人，而成为一个她毫无经验的心目中极其钦佩的阐释社会问题的调查员。

她拉着詹姆斯的手，站在那里，觉得这似乎都是些无法解决的问题。他跟着她来到了客厅里，他们嘲笑的那个年轻人，他正站在桌子旁，笨拙地心神不定地玩弄着什么东西，她不用回头看也知道他因感到格格不入而闷闷不乐。他们都走了——孩子们、明塔·多伊尔和保罗·雷勒、奥古斯塔斯·卡迈克尔、她的丈夫——他们都走了。于是她叹了口气转过身来说，“坦斯利先生，和我一起出去你会不会觉得没意思呀？”

她要到城里去办点琐碎的事情；她先有一两封信要写；也许需要十分钟；她还得戴上帽子。十分钟以后，她手里拿着篮子和遮阳伞又出现了，一副一切就绪、做好了临时出门所需之准备的样子，不过在经过草地网球场时她还得停一下，问一问卡迈克尔先生需不需要捎什么东西。这位先生正在半睁着他那双黄色的猫眼舒服地晒太阳，也真和猫的眼睛一样，他的眼睛似乎映出了摇曳的树枝和飘过的浮云，但却丝毫也没有流露出内心的思想或感情，如果他在想什么的话。

他们正要进行一次远征呢，她说着笑了起来。他们要进城去。“邮票？信纸？烟草？”她在他身旁停下，提示道。可是不，他什么也不需要。他的两只手交握着放在肥大的肚子上，眨着眼睛，好像他很想和善地回答她的这一番好意（她颇具魅力但有点神经质），可是又做不到，因为他沉湎在包围着他们所有人的一片令人倦怠的灰绿之中，不需要语言，沉湎在巨大而仁慈的充满善意的懒散之中看着一切：整所房子；整个世界；一切的人；因为在午餐时他偷偷往自己的杯子里放了几滴东西，孩子们认为，所以他原来奶白色的胡须和小胡子上才会夹有鲜黄的道道。他什么也不需要，他喃喃说道。

他们走在通向渔村的路上时，拉姆齐夫人说，他本来会是一个伟大的哲学家的，要不是他那桩不幸的婚姻的话。她讲述卡迈克尔的情况的时候把黑阳伞撑得笔直，走动时带着一种难以描绘的期待的神情，好像一拐弯就会遇到什么人似的。她讲了他在牛津大学和一个姑娘的恋情；早早地结了婚；贫困；去到印度；翻译一点诗，“我相信，翻译得很美”，很愿意教教男孩子们波斯文或印度斯坦文，可是那有什么用呢——于是现在就像他们看见的那样，在草坪上躺着。

查尔斯·坦斯利觉得荣幸之至，他备受冷落，拉姆齐夫人居然告诉他这些事，使他极感宽慰。他又振奋了起来。她还暗示，即使在衰退之中，男人的才智也是巨大的，所有的妻子——她并不是责怪那个姑娘，而且她相信他们的婚姻还曾经蛮幸福的——都要服从于丈夫的事业，这些话使他产生了从未有过的扬扬自得之感，他想假如他们坐了出租马车，比方说，他愿意付车费。至于她那个小提包，他可以替她拿着吗？不用，不用，她说，这个包她总是自己拿的。确实是这样。是的，他感觉到她身上的这一点。他感觉到很多东西，特别有某种使他兴奋而又不安的东西，是什么原因他自己也说不出来。他很希望她能看到自己身穿博士袍、头戴博士帽走在行列之中。做个研究员，教授——他觉得自己无所不能，看到自己——可是她在看什么呢？看一个男人在张贴广告。那张扇动着的大广告画渐渐展平开来，刷子每刷一下就露出新的大腿、大铁圈、马匹、耀眼的红红蓝蓝的色彩，平整漂亮，直到那张马戏团广告盖住了半面墙；一百个骑手、二十头会表演的海豹、狮子、老虎……她眼睛近视，便往前伸长脖子，念出声来“马戏团……即将访问本市。”她惊讶地说，这样的活让一个只有一条胳膊的人站在像这样的梯子顶上干可是太危险了——两年前他的左臂被收割机轧掉了。

“咱们都去看！”她大声说着继续往前走去，仿佛所有的那些骑手和马匹使她充满了孩童般的狂喜，忘记了她刚才感到的怜悯。

“咱们都去。”他重复她的话说，然而他说时一字一蹦很不自然，使她感到惊异。“咱们去看马戏吧。”不，他没法把话说对劲。他的感觉也不对劲。可这是为什么呢？她很奇怪，他这是怎么啦？在那一刻她热情地喜欢他。她问他，他们小的时候没有人带他们去看过马戏吗？从来没有，他答道，好像他正希望她这么问，他的回答正是这些日子以来他一直盼着想说的话：他们为什么没有看过马戏？他们家人多，有九个兄弟姐妹，他父亲得干活养家。“我父亲是个药剂师，拉姆齐夫人，他开了个药铺。”他自己从十三岁起就独立谋生了，冬天常常没有大衣穿，读大学时永远也无法对款待过他的人“加以回报”（这些是他干巴生硬的原话）。他不得不使自己的东西用的时间比别人的长一倍，抽最便宜的烟草，粗烟丝，码头上老头吸的那种。他非常勤奋——一天干七个小时；目前他研究的课题是什么东西对什么人的影响——他们一直在边说边走，拉姆齐夫人没太听明白他的意思，只是断断续续地抓住了一些词……学位论文……研究员的地位……审稿人的位置……讲师的职务。她无法领会那随口滔滔而出的讨厌的学院行话，但是她对自己说，现在她明白了，为什么说起看马戏他的得意劲儿就没有了，可怜的小伙子，还有为什么他马上就说出了关于他父母和兄弟姐妹的一切，她可得叫他们别再嘲笑他；她得把这事告诉普鲁。她猜想他所希望的是能对别人说他怎样和拉姆齐一家人去看易卜生的戏了。他真是个书呆子——是的，一个让人无法忍受的乏味的家伙。而且，他们已经到了城里，来到了主街上，马车在圆石铺的路面上嘎嘎驶过，他却仍然不住嘴地说着，谈什么新居住区、教学、劳动者、帮助自己的阶级、讲座啦等等，直讲得她得出结论他已经完全恢复了自信，回到了马戏团事件前的状态，并且就要告诉她（她现在又热情地喜欢他了）——但这时两边的房屋已被他们抛在了身后，他们来到了码头上，整个海湾展现在了面前。拉姆齐夫人禁不住惊呼道，“啊，多美呀！”眼前是一片无垠的碧蓝的海水，古老的灰白色的灯塔庄重地耸立在远处海中；右边，长满飘拂的野草的绿色沙丘伸向目力所及的远方，低低地此起彼伏，逐渐模糊消失，似乎在不停地逃往某个人迹未至的仙乡。

这个景色，她停住脚步说道，灰色的眼睛颜色更深了，正是她丈夫十分喜爱的。

她沉默了片刻。但是现在，她说，画家也到这儿来了。果真如此，仅仅几步以外就站着一个，戴顶巴拿马式草帽，穿双黄靴子，严肃、温和、专注，虽然有十个小男孩在看着他，他红润的圆脸上仍是一副深深的满足的神情。他端详片刻，然后蘸颜料，把画笔尖蘸进一堆堆柔软的绿色或粉红色的颜料中。自从三年前庞斯富特先生到那里之后，她说，所有的画都成了这个样子，绿色和灰色的水面，柠檬色的帆船，以及海滩上穿着粉红衣服的女人。

但是她祖母的朋友，她说，在走过那幅画时小心谨慎地看了一眼，画起画来可是全力以赴，首先他们自己把颜料混合起来，然后磨细，然后蒙上湿布保持颜料的湿润。

由此坦斯利先生认为她是有意要让他明白那个人的画画得很草率。是这么说的吧？颜色不够浓？是这么说的吧？他有种非常奇特的感情，这感情是在花园中他要替她拿提包时开始萌生的，在城里他渴望向她倾诉自己的一切时不断增强的、一路行走时越来越发展起来的。在它的影响下他开始看到他自己和他一向了解的一切都有点扭曲变形了。这真是太怪了。

他站在她带他去的那所简陋的小房子的客厅里等着她，她要到楼上去一会儿，看一个女人。他听见楼上她轻快的脚步声，听见她快活的、然后低下去了的声音；他看看杯垫、茶叶罐、玻璃灯罩；他很不耐烦地等着；急切地盼望着一起走回家去，他决心要给她拿提包；然后听见她走出来；关上了一扇门；说他们一定要开着窗、关上门，要是需要什么东西就上她家去要（她想必是在和一个小孩说话），这时她突然走了进来，一声不响地站了一会儿（好像刚才她在楼上是在表演，现在让自己随意一会儿），她一动不动地站了一会儿，身后是佩戴着嘉德勋章蓝绶带的维多利亚女王的画像；突然间他明白了，是这么回事、是这么回事：她是他见到过的最美丽的人。

她眼中星光闪烁、头上披着婚纱，还有仙客来和野紫罗兰花——他在胡想些什么呀？她至少有五十岁了；有八个孩子。她走过开满鲜花的原野，抱起折断了的花苞和跌倒的羔羊；眼中星光闪烁，微风吹动头发——他拿过她的提包。

“再见，艾尔西。”她说，他们沿街走去，她笔直地撑着遮阳伞走着，好像期待着一拐弯就会遇到什么人，而查尔斯·坦斯利这时平生第一次感到一种极度的自豪；一个挖排水沟的男人停下手里的活看着她；垂下了胳膊看着她；查尔斯·坦斯利感到极度的自豪；他感到了那微风、仙客来和野紫罗兰，因为他平生第一次和一个美丽的女人同行。他拿着她的提包。

2

“去不成灯塔了，詹姆斯。”他站在窗旁不得体地说，但出于对拉姆齐夫人的尊重，他尽量使声音柔和，至少听起来有几分亲切的味道。

讨厌的小矮个，拉姆齐夫人想，干吗老说个没完？

3

“说不定你醒来时发现太阳出来了，小鸟在唱歌。”她同情地说，一面抚摩着孩子的头发。她看得出来，她丈夫刻薄地说明天天气不好已经打击了孩子的情绪。到灯塔去是他最强烈的渴望，她知道，而好像光是她丈夫刻薄地说明天天气不好还不够似的，这个可恶的小矮个还要来重新戳人的痛处。

“也许明天会晴的。”她抚摩着他的头发说。

她现在只能对他剪下的冰箱夸奖一番，并且翻动商品目录，希望能发现像耙地机或者割草机之类的东西，又有叉子又有把手，剪的时候需要最大的技术，还要特别的仔细。所有这些年轻人都在拙劣地仿效她的丈夫，她想道；他说要下雨；他们就说肯定是场狂风暴雨。

可是，她正在这里翻动着目录页、寻找耙地机或割草机时，她的搜寻却突然被打断了。她一直能听得见的、时不时因为把烟斗从嘴里拿出放进而被打断的粗哑的低语声，虽然听不清说的是什么（因为她坐在窗户的里侧），却使她放心地知道男人们正在高兴地聊天；这低语声已经继续了半个小时了，是在包围她的种种声音中——如球拍击球声、玩板球的孩子们时而突然发出的尖叫声："怎么啦？怎么啦？"——使她心安的声音，但是现在却停了下来。海浪单调地拍打着海滩的声音在大部分时间里都是给她的思绪打着有节奏的、使她感到平静的拍子，仿佛当她和孩子们坐在一起的时候，它一遍又一遍地、抚慰地、以大自然的喃喃低语重复着某个古老的摇篮曲中的词句，"我在守护着你——我是你的支柱"，但是也有一些时候，特别是当她的思想稍稍脱离手头正在做着的事情时，海浪的声音突然出乎意料地没有了这样的亲切含义，而是如一阵神鬼敲起的隆隆鼓声，无情地敲击起生命的节拍，使人想到这个岛的毁灭和被大海吞没，而且在警告她，岁月在她匆忙地做着一件又一件事情时悄悄消逝，一切如彩虹般稍纵即逝——这原来被其他声音掩盖而变得模糊的海浪声突然在她耳际发出沉重的轰鸣，吓得她不由自主地抬起头来。

他们停止谈话了，这就是原因。顷刻之间她摆脱了紧紧攫住自己的紧张状态，好像为补偿她不必要的感情消耗，她走进了另一个极端，冷静、觉得一切很有趣，甚至还有点幸灾乐祸，她得出的结论是，可怜的查尔斯·坦斯利被甩掉了，她根本不觉得这有什么要紧，如果她的丈夫需要牺牲品的话（他确实是需要），她高兴地给他献上查尔斯·坦斯利，他刚才给她的小儿子泼了冷水。

她抬着头，又倾听了片刻，仿佛在等待某个习惯了的声音，某个有规律的、机械的声音；然后听到了从花园里开始传来的有节奏的半是说话半是吟诵的声音，她丈夫在平台上踱来踱去，发出的声音介于嘟囔和唱歌之间，她再度安下心来，确信一切重又正常，便低下头去看着膝上那本商品目录，找到了一幅带六个刀片的折刀的图，詹姆斯只有非常小心才能剪得下来。

突然一声大叫，仿佛是一个半睡半醒的梦游人在喊着什么“冒着枪林弹雨”之类的声音强烈地冲进她的耳朵，使她忧心忡忡地转身环顾四周，看看有没有人听见他的叫喊。她高兴地看到只有莉莉·布里斯柯在场，这就不要紧了。但是看见这个姑娘站在草坪的边上画画使她记起，她应该尽量保持她的头部姿势不变，好让莉莉画她。莉莉的画！拉姆齐夫人笑了。有一双中国人的小眼睛和一张皱巴巴的脸，她永远嫁不了人了；你也不能把她画画这事太当真；但她是个很有独立性的小家伙，为此拉姆齐夫人喜欢她；于是她记起了答应过的话，把头低了下去。

4

真是的，他挥舞双手，高喊着“我们勇敢地骑马冲去”向她直冲过来，差点儿撞翻了她的画架，但幸运的是，他突然急剧地掉转马头，疾驰而去，她想，好到巴拉克拉瓦高地去光荣牺牲。从来没有谁像这样又可笑又吓人。但是只要他保持这样挥舞双手、大喊大叫，她就是安全的。他就不会站着不动看她的画，而这正是莉莉·布里斯柯不能忍受的。即使在她看着画布上的片片颜色、线条、色彩，看着和詹姆斯一起坐在窗口的拉姆齐夫人的时候，仍对周围的一切非常警觉，唯恐有人会悄悄走上前来，而她突然发现有人在看自己的画。但是现在她所有的感官都活跃了起来，端详、细看，直到墙和远处的珈曼那花的颜色深印在了她的眼中，正在这时她意识到有人从房子里走出，向她走来；从脚步声中她推测来人是威廉·班克斯，因此虽然她的画笔在颤抖，却没有把画翻过来放在草地上，仍让它立在那里。如果来的是坦斯利先生、保罗·雷勒、明塔·多伊尔，或几乎任何别的人，她一定会这样做的。威廉·班克斯现在站在她身旁。

他们住的房间是在村子里，因此同出同入，晚上在门垫边分手，常聊些汤啦、小孩啦这样那样的小事，这使他们建立起了同伴的关系。所以现在当他以他那审视的态度站在她身旁时（再说他的年纪足以做她的父亲，是个植物学家，一个鳏夫，身上带着肥皂味儿，一丝不苟，非常干净），她就这么站着不动。他也这么站着不动。他注意到，她的鞋子非常好，使脚趾能自然伸展。他和她住在同一所房子里，所以也注意到她的生活是多么有规律，早饭前就起床出外画画，他相信，是独自一人：想来很贫困，当然没有多伊尔小姐的姿色或魅力，但她有头脑，使得她在他眼中胜于那位年轻姑娘。比如现在，当拉姆齐高声喊叫着、两手比画着向他们冲来时，他确信布里斯柯小姐心里明白：有人闯祸了。

拉姆齐先生瞪着他们。他瞪着他们却似乎没有看见他们。这倒着实让他们两个人感到有点别扭。他们一起目睹了一件本来不该他们看见的事。他们侵犯了人家的隐私。因此莉莉想，班克斯先生马上就说什么有点凉，建议他们走一走，可能是他想找个借口离开此地到听不见他说话的地方去。她愿意走一走，是的。但是她把目光从她的画上移开时是很不情愿的。

珈曼那花一片鲜艳的紫色；墙壁是耀眼的白色。既然她看到的是这样，篡改这鲜艳的紫色和这耀眼的白色，她认为就是不诚实的，尽管自从庞斯富特先生到过这里以后，把一切看成暗淡、雅致、半透明的做法成了时髦。而颜色之下还有形状。当她观察时，都能十分清楚地看到、而且不可能不看到所有这一切：只是在她手中拿起画笔时这一切就全变了。就在她要把画面搬上画布的那一刻，魔鬼开始折磨她，常常让她几乎掉下泪来，使这条从构想到创作的道路变得和小孩走黑路一样可怕。她常常感到需要在极其不利的情况下奋力斗争以保持自己的勇气；并且说出“但这是我看到的；这是我看到的呀”，从而把自己仅剩的那可怜的一点视觉形象紧抱在怀里，因为有千百种力量正竭尽全力要从她怀里将其夺走。也正是在这样的时候，当她开始作画时，其他事情还会冷酷地向她袭来：她能力不足、无足轻重、要在布罗普顿街的房子里为父亲管家、要费尽力气控制住自己的冲动（感谢老天，到目前为止她都控制住了），那就是扑到拉姆齐夫人膝下，并且对她说——但是又能对她说什么呢？“我爱上了你”？不，这不是实话。“我爱上了这一切”，一面挥动手，指着树篱、宅子、孩子们？这是荒唐的，这是不可能的。人不能说出自己真正的想法。于是现在她把画笔一支挨一支地整齐地放进了盒子里，对威廉·班克斯说：

“突然冷了起来，太阳好像没那么热了。”她说，一面环顾四周。天色还亮，草仍呈柔和的深绿色，房子在开放着紫色西番莲的绿叶丛中十分醒目，白嘴鸦从高高的蓝天送下苍凉的啼声。但是什么东西在移动，一闪，银色的翼在空中一转。毕竟已是九月了，九月中旬了，已经过了晚上六点。因此他们按习惯的方向漫步走去，穿过花园，经过草地网球场，经过蒲苇丛，来到茂密的树篱的缺口处，卫士般守卫在那里的是俗称火红拨火棍的开花芦苇，像一盆盆熊熊燃烧的煤炭，穿过开花芦苇望去，海湾里碧蓝的海水显得分外的蓝。

好像为某种需要所吸引，他们每天傍晚都要到这里来。似乎在陆地上变得僵化停滞的思想，会被海水漂起重新起航。海水甚至给他们的身体带来某种生理上的轻松。首先，有节奏的拍击着的色彩把蓝色涌满了海湾，心胸随之开阔，身体也逐浪沉浮，只是紧接着凶恶暴躁的浪涛便打断了这一切，使人倍感扫兴。其次，从那块巨大的黑色岩石背后，几乎每晚都会有泉水喷出，因为喷出的时间没有规律，所以得注意等待，它喷的时候真是好看极了，一股白色的泉水。而当你等着的时候，会看到层层波浪一次又一次地在灰白的半圆形的海滩上平平地留下一层薄薄的珠母色。

他们两个人站在那里，都笑了。他们感到同样的狂喜，先是因为涌动的波涛，后来是因为一艘破浪疾驶的帆船。帆船在海湾中划开一道弧线，停了下来，颠簸着，落下了帆。然后带着要使画面完整的自然本能，看过这一高速运动之后，两人便都把目光移到了远处的沙丘上。他们感到的不再是欢乐，而是某种伤感——半是因为事情已经结束，半是因为这远处的景色似乎要比看景的人多活上一百万年（莉莉想道），并且当天空看着的还是一个沉睡的大地时，就已经和它进行交流了。

望着远处的沙丘，威廉·班克斯想起了拉姆齐，想起了威斯特摩兰的一条路，想起了拉姆齐独自行走在那条路上，一副似乎是天生的落寞神态。但是突然他被打断了，威廉·班克斯记得（这一定和某件实际发生过的事有关），是一只母鸡，张开了两只翅膀保护它那群小鸡，这时拉姆齐停了下来，用手杖指着说，“真漂亮，真漂亮”，当时班克斯认为这件事奇特地使人看到了拉姆齐的内心，表现了他的质朴，他对卑下事物的同情；但是他似乎觉得，就是在那里，在那条路上，仿佛他们的友谊停止了。那以后拉姆齐结了婚。再以后，由于这样那样的事情，他们的友谊失去了内涵。他也说不出来责任在谁，只是过了一段时期之后，他们的友谊中重复代替了新意，他们见面也正是重复旧谊。但是在和沙丘的这一无声交谈中，他坚持认为他对拉姆齐的感情没有任何减弱，而是仍旧在那里，就像一具年轻男人的尸体在泥炭中储放了一个世纪，嘴唇依然鲜红一样，他的强烈和真实的友谊储放在了海湾彼岸的沙丘之中。

他为了这份友谊而感到忧虑不安，也许还为了从心头清除自己已经干瘪萎缩的自责——因为拉姆齐生活在一群活泼喧闹的孩子之中，而班克斯却无儿无女，是个鳏夫——他忧虑不安，希望莉莉·布里斯柯不要蔑视拉姆齐（一个有自己特点的伟大人物），而应理解他们之间的关系。他们多年以前开始的友谊在威斯特摩兰的一条小路上逐渐消失，在那儿，那只母鸡张开翅膀保护它的小鸡；那以后拉姆齐结了婚，他们分道扬镳了，他们重逢时总有某种重复旧谊的倾向，这当然不是任何人的过错。

是的，事情就是这样。他思考完毕。他转过身去不再看那片景色。他回身沿另外那条路走回去，上了车道，班克斯先生注意到了周围的事物，如果那些沙丘没有向他揭示出他的友谊之遗骸仍嘴唇鲜红地储放在泥炭之中，他是不会注意到这些的——比方说卡姆，那个小女孩，拉姆齐最小的女儿。她正在边坡上采香苜蓿花。她又任性又厉害，不肯按保姆说的“给这位先生一朵花”。不给！不给！不给！就是不给！她紧攥着拳头。她跺脚。班克斯先生觉得自己老了，很悲哀，她不知怎的误会了他对她的友好。他想必是已经干瘪萎缩了。

拉姆齐夫妇并不富有，他们怎样设法应付这一切的，真是个奇迹。八个孩子！靠搞哲学养活八个孩子！这又是一个，这回是贾斯珀，他溜达着走过，去打会儿鸟，他若无其事地说，经过莉莉时像晃动水泵的摇把一样晃动她的手，惹得班克斯先生尖酸地说，他可真是喜欢她。现在还必须考虑他们的教育问题（不错，拉姆齐夫人也许自己有点财产），更不用说每天这些“大家伙们”所需的鞋袜消耗了，他们都是身材高大、棱角分明、不管不顾的青少年。至于说弄清他们谁是谁和长幼次序，他可做不到。他私下用英国国王和女王的名字叫他们：邪恶的卡姆，冷酷的詹姆斯，正直的安德鲁，美丽的普鲁——因为普鲁会很美的，他想，她怎能不美呢？——而安德鲁则会非常聪明。他一面沿车道走着，而莉莉·布里斯柯在说着是或不是，对他的评论表示赞同（因为她爱他们大家，爱这个世界）的时候，一面心里在考虑拉姆齐的情况，同情他，羡慕他，仿佛看到他放弃了青年时期所拥有的一切孤独和质朴所赋予的辉煌，肯定无疑地被扑动的翅膀和咯咯叫的家务事拖累住了。他们是给了他一些什么——威廉·班克斯承认这一点；如果卡姆在他的大衣上插上一朵花，或者像她爬上她爸爸的肩膀那样爬上他的肩膀去看那张维苏威火山爆发的画，那会是很愉快的一件事；但是他的老朋友们也不可能不感到，他们也毁掉了些什么。一个陌生人会怎么想呢？这个莉莉·布里斯柯怎么想？谁能注意不到他现在沾染上了越来越深的习惯？也许是怪癖、弱点？一个像他这样有才智的人竟能把身份降低到他今天的地步——不过这话说得太刺耳了——像他这样如此依赖别人的赞扬，实在是太令人吃惊了。

“啊，可是，”莉莉说，“想想他写的书吧！”

每当她“想想他写的书”时，她的眼前就会清楚地出现一张大厨桌。这都是安德鲁造成的。她曾问他他父亲的书里写的是些什么，“主观和客观和现实的性质”，安德鲁答道，当她说天哪，她不懂那是什么意思时，他对她说道，“那你就在你不在厨房时想想里面的一张桌子。”

因此当她想到拉姆齐先生的书的时候，总会看到一张擦洗干净的厨桌。眼下它就停留在一棵梨树的枝丫上，因为他们已经来到了果园里。她做出巨大的努力集中思想，不去想梨树有银白色结疤的树皮，或鱼形的树叶，而要集中在一张厨桌的幻象上，那种擦洗干净的木板桌，露着木纹和结疤，经过多年使用仍然结实完整，它的优点似乎就在于此。现在它四条腿悬空架在那里。自然啦，如果一个人的日子总是在这种看到事物的生硬本质中度过，如果他把满天红霞、碧水银树的美丽黄昏全都简化为一张白松木板的四条腿的桌子（能做到这一点是具有最出色的头脑的标志），自然就不能用普通人的标准来判断他这个人。

班克斯先生因为她嘱咐他“想想他写的书”而对她有了好感。他想过这一点，经常这样想。他曾无数次说过，“拉姆齐是那种四十岁前成就最辉煌的人中的一个。”他在只有二十五岁的时候所写的一本小书就对哲学做出了肯定的贡献；此后的作品便或多或少是进一步的发挥和重复。但是能对任何事物做出肯定的贡献的人的数目是很小的，他说道，在梨树旁停了下来，话说得十分得体、极其精确、异常公正。突然，似乎他手的一动释放出了她对他的所有感觉，使聚集在她心中的对他的大量印象如雪崩般倾泻而下。这是令人激动的感觉。然后他生命的精华在烟雾中升起。那是又一种感觉。她感到自己被如此强烈的感受惊呆了；是他的严厉；他的善良。我尊敬你（她在心中默默对他说），全身心地尊敬你；你不自负；完全不计较个人；你比拉姆齐先生更为优秀；你是我认识的最优秀的人；你既无妻室又无子女（她不带任何性情感地渴望去爱抚那孤独），你为科学而活着（她眼前不由自主地浮现出马铃薯的切片）；赞扬对你是种侮辱；慷慨宽厚、心灵纯洁、英勇崇高的人啊！但是同时她也想起，他如何把一个贴身男仆大老远地带到这里；反对狗上椅子；一连几个小时（直到拉姆齐先生把门一摔离去）絮絮叨叨地述说蔬菜里的盐分以及英国厨子有多坏。

那么这一切又如何解释呢？一个人怎样判断别人，看待别人？怎样把这个那个因素加在一起得出结论：你感觉到的是喜爱，或者是厌恶？话又说回来了，这些字究竟包含什么意义？现在她一副呆愣的样子站在梨树旁，对于这两个男人的印象源源不断涌上心头，要跟上她的思路就像要跟上一个说话快得无法用笔记录下来的声音，而这就是她自己的声音，滔滔地说着不容否认、永远存在、相互矛盾的事情，这样一来就连梨树皮上的裂纹和鼓包都不可改变地、永恒地固定在了那里。你具有崇高的品质，她继续在心中说道，但拉姆齐先生毫无这种品质。他褊狭、自私、虚荣、利己；他被宠坏了；他是个专横的家伙；他把拉姆齐夫人折腾得筋疲力尽；但是他有你（这话是对班克斯先生说的）所没有的东西：强烈的出世精神；对琐事一无所知；他爱狗和他的孩子们。他有八个孩子。你一个也没有。他那天晚上难道不是穿了两件上衣下来，让拉姆齐夫人给他理发，把头发剪到一个做布丁的盆子里吗？所有这些念头在莉莉的头脑中上下跳动，像一群蚊子，各自飞动，但又都奇异地被控制在一张无形的、具有弹性的网中——在梨树的枝丫间跳动，枝丫间仍旧悬着那张擦洗干净的厨桌的幻象，这是她对拉姆齐先生之智慧的极为尊敬的象征，直到她那越转越快的思绪因强度过大而爆裂，她才感到一阵轻松；一颗子弹从身旁不远处飞过，一群欧椋鸟躲避弹片，惊恐地叽喳着四散乱飞。

“贾斯珀！”班克斯先生喊道。他们转向欧椋鸟越过平台飞去的方向，目光尾随着散布天空的疾飞的鸟群，在穿过高高的树篱的缺口时一头撞上了拉姆齐先生，他悲剧性地对他们瓮声瓮气地说道，“有人闯祸了！”

他的眼睛因感情冲动而蒙上了一层薄翳，因强烈的悲剧意识而充满挑战性，他的目光和他们的刹那间相遇，在将近认出他们时微微颤抖着；但这时，在气恼羞怒的痛苦中他向脸部半抬起手，像是要避开、要擦去他们正常的注视，像是在乞求他们暂时抑制他明知必然会出现的情况，像是要使自己在被打断时产生的孩子般的怨恨在他们心中留下深刻的印象；但是即使在被撞见的瞬间他也不会被彻底击溃，而是决心牢牢抓住一些这美妙的情感，这使他感到羞愧同时又令他着迷的粗野的吟诵——他突然转过身去，砰的一声在他们面前关上了属于他个人的那扇门；这时莉莉·布里斯柯和班克斯先生拘束不安地抬头看着天空，看到刚才被贾斯珀用枪惊散的那群欧椋鸟已经落在了榆树梢上。

5

“即使明天天气不好，”拉姆齐夫人说，一面抬眼看了看走过她身边的威廉·班克斯和莉莉·布里斯柯，“还有别的日子嘛。现在，”她说道，心里在想莉莉的可爱之处是她那双中国式的眼睛，斜嵌在她白皙的皱起的小脸上，但是只有聪明的男人才能赏识，“现在站起来，让我比比你的腿。”因为说不定他们明天还是有可能到灯塔去的，她得看看袜子筒是不是需要再织长一两英寸。

她微微一笑，因为此刻一个极妙的主意闪过她的心头——威廉和莉莉应该结婚——她拿起那只袜口上还带着交叉的钢针的混色毛袜，在詹姆斯的腿上比了比。

“亲爱的，站好别动。”她说，因为詹姆斯出于嫉妒，不愿为灯塔看守人的小儿子充当量尺，所以故意动来动去；他要是这样，她又怎么能看得出来袜子是太长了还是太短了？她问道。

她抬起眼睛——她最小、最宝贝的儿子，什么鬼迷住他了？——看见了房间，看见了椅子，觉得一切都寒酸透了。椅子里面的衬垫物，正如安德鲁那天所说的，掉得满地都是。但是，她问自己，买好椅子听任它们在冬天里坏掉，有什么好处？整个冬天这所房子只有一个老太婆照管，潮湿得简直滴水。没关系：房租是两个半便士整；孩子们喜欢这地方；而离开他的图书馆、讲课和三千弟子——如果一定要准确的话，三百英里，对她的丈夫有好处；这里也有地方待客。垫子、行军床、在伦敦结束了服务生涯的歪歪倒倒的桌椅——在这里还干得不错；还有一两张相片，还有书。书，她想道，会自动越积越多。她从来没有时间去读它们。哎呀！就连人家送她的书，诗人亲笔题了词的书也没有时间读：“谨赠其意愿一定要得到服从的女士”……“比海伦[1]幸福的当今绝代佳人”……说起来真是个耻辱，她从未读过它们。还有克鲁姆的《论理智》和贝茨的《论波利尼西亚的野蛮风俗习惯》（“亲爱的，站好别动”，她说）——这两本哪本也不能送到灯塔去。总有一个时候，她料想，这所房子会破旧到非收拾不可的地步。要是能教会他们进门前擦擦脚，不要把海滩上的沙石带回家——那就算大收获了。螃蟹，她不得不允许带回家，如果安德鲁真想解剖它们的话，如果贾斯珀相信可以用海草做汤，也不能加以阻止，或者萝丝的东西——

1 海伦，希腊传说中最美丽的女人，特洛伊战争的间接起因。

贝壳、芦苇、石子儿；因为她的孩子们都很有天分，只是兴趣各不相同。其结果就是，她叹了一口气，举着袜子比詹姆斯的腿时把房间从地板到天花板整个看了一遍，一个夏天又一个夏天，一切变得越来越破旧寒酸。门垫颜色褪了；墙纸垂下拍打着。你无法再看得出那上面印的是玫瑰花的图案。再说如果一幢房子里所有的门老是开着，而在整个苏格兰也没有一个锁匠会修门上的插销，东西就非坏掉不可。往画框边上搭块绿色的开司米披巾有什么用？不消两个星期披巾就会变成豌豆汤的颜色。但是让她生气的是那些门；每扇门都敞开着。她侧耳细听。客厅的门开着；过道的门开着；听上去好像卧室的门也都开着；毫无疑问，楼梯平台上的窗子也开着，因为那是她自己打开的。窗子应该开着，门应该关着——就这么简单的事，难道就谁都记不住吗？夜里她常到女仆的房间里去，发现全像烤箱一样关得严严的，只有那个瑞士姑娘玛丽的房间除外，她宁肯没有澡洗也不能没有新鲜空气，不过她说过，“在她家乡，大山是多么美啊。”昨晚她眼睛里含着泪水望着窗外时就这么说的，“大山是多么美啊。”她的父亲在大山那边快要死去了，拉姆齐夫人知道。他要使他们成为没有父亲的孩子了。她责骂女仆，教她们怎么做（怎么铺床，怎么开窗，像个法国女人那样双手一会儿合拢一会儿张开），但当那个女孩子说话时，她周围的一切都静悄悄地收拢起来，就像小鸟在阳光下飞翔后悄悄收起翅膀，蓝色的羽毛从明亮的钢蓝变成了柔和的紫色。她默默地站在那里，没有话可说。他患了喉癌。当她回想起这些——她怎样站在那里，那个姑娘怎样说“在家乡，大山是多么美啊”，而已经没有希望了，没有任何希望了，她感到一阵烦躁，严厉地对詹姆斯说：

“站好别动。别讨人嫌。”于是他立刻知道她这回的严厉是当真的了，便把腿绷直。她比量了起来。

袜子短了至少半英寸，即便是把索利的小男孩长得没有詹姆斯高这个因素考虑在内，也不够长。

“太短了，”她说，“实在太短了。”

从来没有人显得这样悲哀、苦涩而阴郁，半蹲在那里，在黑暗中，在从阳光的光束照及之处到黑暗的深处，也许涌出了一滴泪珠；一滴眼泪落下；水面左右涌动，接下了它，又复归平静。从来没有人显得这样悲哀。

但是难道只是外表看去如此吗？人们问。在她的美貌和光彩背后——是什么呢？他是开枪打碎了自己的脑袋吗，他们问，他是在他们结婚前的那个星期死去的吗——早先的、另外那个情人？有关他的谣言到处流传。还是说什么事也没有？只不过因为她生活在一个无比美丽的外貌下，不能加以搅乱？因为在亲密无间的时刻，当她听到关于伟大的激情、失意的爱情、挫败的抱负之时，尽管她很容易就可以说她也曾知道或感受到或亲身经历过这一切，她却从未说过。她总是沉默不语。她那时就知道——不用学就知道。她的纯朴使她能够看清聪明人搞错的事情。她头脑的专一使她的思想如石头正正掉下、小鸟准确飞落一样扑到事物的真相上，令人快活、轻松、持久——这也许只是假象。

有一次班克斯先生在电话里听到了她的声音，虽然她只是在告诉他一列火车的行驶时刻，却大大地打动了他，他说道，“大自然用来塑造你的泥土是多么稀有啊。”他仿佛看到了电话线另一端的她，希腊式的脸、蓝蓝的眼睛、挺直的鼻梁。给这样的女人打电话，显得多么不合适啊。聚在一起的赐人以美丽欢乐的希腊三女神似乎联合起来，在开满了常春花的草地上创造出了那张脸。是的，他要到尤斯顿去乘十点半的那趟火车。

“但是她和个孩子一样，并没有意识到自己的美丽。”班克斯先生说，一面放下电话，穿过房间去看在他屋后盖旅馆的工人们的进展情况。他看着在尚未完工的墙旁的忙碌景象，心里想着拉姆齐夫人。因为，他想，总是有某种不协调的东西需要糅合进她面部的和谐中去。她往头上扣一顶前后翘起的布帽子；她穿着一双高筒橡皮套鞋跑过草坪，一把抓住一个正要捣蛋的孩子。所以，如果你想到的只是她的美丽外貌，就还必须记住那颤动着的、活生生的东西（当他看着工人的时候，他们正踩着一块小木板往上运砖头），并且把它糅进你看到的画面中去；或者，如果你只是把她看作一个女人，那就必须赋予她某种奇特的癖性；或者认为她有某种潜在的、想要摈弃自己高贵的外形的欲望，似乎她的美貌和男人们所谈到的一切关于美貌的话都使她感到厌倦，而她只希望和别的人一样，做个微不足道的平常人。他不知道。他不知道。他必须去工作了。

拉姆齐夫人织着那只毛茸茸的红棕色的袜子，镀金的画框、随手搭在画框边上的绿披巾和那幅经过鉴定是米开朗琪罗真迹的画把她的头的轮廓可笑地衬托了出来。她抹平了刚才态度中的严厉成分，托起小儿子的头，吻了吻他的前额。“咱们再找张图片来剪。”她说道。

6

可是出了什么事了？

有人闯祸了。

她从沉思中惊起，在很长一段时间里，在她脑子里一直认为没有意义的词句，她现在给予了意义。“有人闯祸了”——她把一双近视眼盯在了丈夫身上，他现在正直冲着她逼来，她目不转睛地盯着他，直到他离她近得让她看出来（那单调的句子在她的脑袋里自动反复出现）是出了事，有人闯祸了。可是她无论如何也想不出来是什么事。

他战栗，他发抖。他所有的虚荣、所有对自己辉煌的满足感——他以雷霆般的气势、兀鹰般的凶猛率领他的人马骑越死亡之谷——都被打得粉碎，被彻底破坏了。在枪林弹雨中我们勇敢策马疾驶于死亡之谷中，枪炮向我们轰鸣齐射——却迎面撞上了莉莉·布里斯柯和威廉·班克斯。他发抖，他战栗。

她无论如何也不会在现在和他说话，因为从熟悉的迹象、他避开的眼光以及某些奇怪的强打精神的样子，使她明白他仿佛要把自己包裹起来，需要不受干扰地独自恢复平衡，明白他受到了伤害，很痛苦。她抚摩着詹姆斯的头；把她对丈夫的同情转移给了他，当她看着他把陆海军商店商品目录中一位绅士穿的白色礼服衬衫用粉笔涂成黄色时，心里想，要是他将来成了一个大画家，她会多么高兴啊；而他为什么就不可能成为大画家呢？他前额长得极好。这时，她丈夫又一次走过她的身边，她抬起眼睛，宽慰地看到废墟已经被掩盖；对家庭生活的喜爱获得了胜利；习惯低奏出令人安慰镇静的节奏；因此当他再一次转回来的时候，他故意在窗前停住脚步，弯下身子，可笑而异想天开地用一根小树枝挠詹姆斯光着的小腿肚子。她责怪他把“那个可怜的年轻人”查尔斯·坦斯利打发开。他说坦斯利需要进去写论文。

“有朝一日詹姆斯也得写他自己的论文的。”他挖苦地补充道，一面轻轻甩动着小树枝。

詹姆斯痛恨他的父亲，他一把推开挠他痒痒的小树枝。拉姆齐以他特有的既严厉又幽默的方式用这根小树枝逗弄着小儿子的光腿。

她要尽量把这烦人的袜子织完，明天好给索利的小男孩带去，拉姆齐夫人说。

他们明天根本没有任何可能到灯塔去，拉姆齐先生暴躁地厉声说道。

他怎么知道？她问道。风向常常会变的。

她的话之极端荒谬不合情理，女人头脑之愚蠢激怒了他。他策马穿过了死亡之谷，感到震惊，战栗起来。而现在她却悍然不顾事实，使子女们对根本不可能的事情抱有希望，这实际上是在撒谎。他在石头台阶上跺着脚。“真该死。”他说。可是她刚才说的是什么？只不过说了明天可能会天晴。有可能吧。

只要气温表上温度下降，风向正西，就没有可能。

为了追求真实而如此惊人地不顾别人的感情，如此放肆而蛮横地撕碎文明的薄面纱，对于她来说是对人类礼仪的恣意蹂躏，她感到茫然不知所措，没有搭腔，低下了头，好像要听任那阵猛烈粗糙的冰雹、那透人衣衫的污水毫无阻拦地溅泼上她全身。她无话可说。

他沉默地站在她身边。最后，他低声下气地说，如果她愿意，他去找海岸警卫队问一问。

没有一个人比他更受到她的尊敬了。

她很愿意相信他的话，她说。他们只是用不着准备三明治而已。他们整天为了这事那事来找她，这很自然，因为她是个女人；有人要这样，有人要那样；孩子们正在成长；她常常感到自己只不过是块饱吸了人类各种感情的海绵。而他竟说，真该死。他说，肯定会下雨。他说，不会下雨；于是一个安全的天堂就立刻展现在她面前，他是她最尊敬的人。她觉得自己连给他系鞋带都不配。

拉姆齐先生已经为刚才的坏脾气、为带领他的队伍冲锋时的手舞足蹈而感到羞愧了，此时他不好意思地又捅了一下儿子的光腿，便好像得到了她的批准似的，一头钻进了暮色之中，拉姆齐先生的动作奇怪地使妻子想到动物园里的大海狮，吞下鱼后向后翻个筋斗打着滚儿离去，搅得池子里的水来回涌动。这时光线已经更黯淡了，它使树叶和树篱的形状逐渐消失，而好像作为交换，给予了玫瑰和石竹花白天所没有的光泽。

“有人闯祸了。”他又说了一遍，迈着大步离开，到平台上来回踱起步来。

但是他的声调起了多么奇特的变化啊！就像布谷鸟；“六月里啼声走了调”；好像他在试着想暂时找到某句话来表达他新的心情，可是手头只有这一句，就只好用了，尽管声音很粗哑。但是它听起来很可笑——“有人闯祸了”——口气几乎像个问题，很有旋律，自己也不相信。拉姆齐夫人禁不住笑了，他一面来回走着，一面哼着，果然不久就沉默了，不再提起。

他安全了，恢复了自己的个人天地。他停下脚来点燃烟斗，看了一眼窗内的妻子和儿子，如同一个坐在特快列车上看书的人抬眼看见一个农场、一棵树、一片村舍，它们就像一幅插图，证实了书上的某个内容，于是他感到获得了鼓舞和满足，他的目光又回到了书页上。因此他虽然没有分辨出哪个是妻子哪个是儿子，但看到他们就感到是种鼓舞和满足，使他能把精力奉献给他非凡的头脑正在全力思考的问题的透辟理解上。

确实是非凡的头脑。因为，如果思想如同钢琴上的键盘，分成如许数目的琴键，或像字母表，二十六个字母全按顺序排列，那么他那非凡的头脑就能毫无困难地把这些字母一个一个坚定而准确地过到，比如说，字母Q。他到达了Q。在整个英国，能到Q的人是很少的。这时他在种有天竺葵的石瓮旁驻足片刻，看见了妻子和儿子一起坐在窗口，可是现在离得已经很远了，看去就像拾贝壳的孩子，天真无邪，专心致志于脚旁的小东西，对于他已看到的厄运毫无防备。他们需要他的保护；他要给他们保护。但在Q后面是什么呢？下一个是什么？在Q后面有一连串字母，最后一个字母凡人的眼睛几乎无法看见了，只是在远处微微闪着红光。在一代人中，只有一个人能够到达Z一次。不过，如果他能到达R那就相当不错了。这里至少是Q了。他在Q上稳稳站住脚跟。Q是他拿得稳的。Q是他能够论证的。那么如果Q就是Q——R——想到此处，他把烟斗在羊角形的石瓮把手上响亮地磕了两三下，磕灭了烟斗，继续考虑下去。“那么R……”他打起精神。他咬紧牙关。

能够拯救暴露在灼热的海上、只有六块饼干和一瓶水的一船人的品质——耐力和公正，远见、忠诚、技巧——来帮助他了。那么就是R——R是什么？

一道快门像蜥蜴的皮革般的眼皮，在他专注的目光前一闪，遮住了字母R。在那黑暗的一瞬间他听见人们说——他是个失败者——R是他力所不及的。他永远也到达不了R。向R发起冲刺，再来一次。R——

在穿越荒凉的冰封的极地的孤独的探险中，能够使他成为领队、向导和顾问的品质，他的既不过分乐观也不轻易失望的性格，使他能沉着镇定地全面观察将会发生的一切，正视现实。这些品质再一次来帮助他了。R——

蜥蜴的眼睛又闪动了一次。他额头的血管膨胀着。石瓮里的天竺葵变得惊人地清晰可见，他意外地看到在叶丛中展现出两类人之间那古老而明显的区别；一类是具有超人力量的坚定扎实的实干家，他们默默苦干，不屈不挠，把整个字母表按顺序复述，全部二十六个字母从头到尾，一个不少；另一类是有天赋和灵感的人，他们奇迹般地一下子把所有的字母全部归结在一起——这是天才之道。他并无天才；他从不自居是个天才：但是他具有，或可能具有，把字母表上的每一个字母精确地按顺序从A复述到Z的能力。而现在他困在了Q上。下一步要前进，向R前进了。

现在雪花已开始飘落，云雾已笼罩山顶，一些不会玷污领队名声的感情悄悄袭上心头。他知道在黎明到来之前自己必须躺下死去，这种感情使他的眼睛黯然失色，即使在平台上转一圈的两分钟里，就使他显出苍老失色的模样。但是他决不甘于此种命运；他要找一块悬崖巨石，在那儿，他将双眼凝视风暴，力图穿透那黑暗，直到最后一刻；他将站着死去。他将永远到达不了R。

他一动不动地站在盛开着天竺葵的石瓮旁。毕竟，在十亿人中，他问自己，有多少人能到达Z？一个只有渺茫希望的领队肯定会这样问他自己，并且回答说“也许只有一个”，而这个回答不会是对身后的探险队员的背叛。一代人之中只有一个。那么，假如他老老实实地埋头苦干、呕心沥血，直到灯尽油干，即使他不是这一个人，他应该受到指责吗？他的躯体能存在多久？就连一个垂死的英雄在去世前想到在他身后人们会如何谈论他，都是允许的。他的声名也许能延续两千年（拉姆齐先生凝视着树篱，嘲弄地问道）？如果你站在山顶上俯视已流逝的漫长岁月，说实在，这又有什么意义？你的鞋子踢到的那粒石子也会比莎士比亚存在得更为长久。他自己的小小的光芒会并不很明亮地照耀上一两年，然后将融入某个较大的光芒，而那又将融入到一个更大的光芒中。（他向黑暗中看去，看着错综缠结的枝条。）那么谁又能指责那个希望渺茫的队伍的领队呢？无论如何他的队伍已经爬到能看见岁月流逝、星球消亡的高处。假如在死亡将他的四肢变得僵硬不能活动之前，他确实稍稍有意识地将麻木的手指举到额头，挺起了胸膛，以便在搜索队到来之时看到的是他以一副战士的英勇姿态，死在岗位上，又有什么可指责的呢？拉姆齐先生挺起胸膛，笔直地站在石瓮旁。

如果他这样站立片刻，想到名声、想到搜索队、想到感激他的追随者们在他的遗骸上堆起的圆锥形纪念石堆，又有谁会指责他呢？最后，如果这位注定失败的探险队的领队在做了最大的冒险、用尽了身上的最后一滴力气、沉睡过去不再顾及能否醒来之时，脚趾的刺痛使他感到自己仍旧活着，而且总的来说并不反对活下去，但是需要同情、威士忌和立刻有人听他倾诉他的苦难，谁又能指责他呢？谁会指责他？当这位英雄脱下盔甲，在窗口停下，凝视着妻子和儿子时，谁不暗中感到高兴呢？他的妻儿起初离得很远，逐渐越来越近，直到嘴唇、书和头清晰地呈现在他面前，尽管他感到强烈的孤独，尽管岁月流逝星球消亡，她依旧可爱、新奇。最后他把烟斗放进口袋里，在她面前低下了他高贵的头——如果他向世上至美之人表示敬意，谁又能指责他呢？

7

但是他的儿子讨厌他。讨厌他走到他们面前来，停住脚步低头看他们；讨厌他来打搅他们；讨厌他得意而崇高的姿态；讨厌他那高贵的头；讨厌他的精确严格和自我中心（因为他就站在那里，迫使他们去注意他）；但他最讨厌的是父亲情绪波动时颤抖的声音，在他们四周震颤，搅乱了他和母亲间单纯和通情达理的关系。他目不转睛地盯着书页，希望这样能使父亲继续往前走；他用手指指着一个字，希望以此重新吸引母亲的注意，他很生气，他知道父亲一停下，他母亲的注意力就分散了。可是没用。什么也不能使拉姆齐先生走开。他就站在那里，要求得到同情。

一直搂着儿子随随便便坐着的拉姆齐夫人这时打起精神，半转过身子，似乎要用力站起来，立刻一阵活力雨点般向空中直喷而出，一根水雾之柱，同时她显得生气勃勃充满活力，仿佛她全部的精力都凝聚成了力量，在燃烧，在发光（尽管她仍安静地坐着，又拿起了织着的袜子），那个命中注定没有生机的男人一头扎进了这美妙丰饶的生命之喷泉和水雾之中，像一只黄铜鸟嘴，光秃贫瘠。他需要同情。他是个失败者，他说。拉姆齐夫人闪动着钢针。拉姆齐先生又说了一遍，眼睛一直没有离开她的脸，他是个失败者。她堵回他的话，“查尔斯·坦斯利……”她说道。但是对他来说这还不够。他需要的是同情，首先需要他的天才得到确信，然后接纳他进入生活之圈，使他得到温暖和安慰，使他的感觉得到恢复，使他的贫乏空虚变得丰饶富足，使宅子里的每一个房间都充满勃勃生机——客厅；客厅后面的厨房；厨房上面的卧室；卧室再过去的育儿室；一定要用家具把它们布置起来，一定要它们充满生机。

查尔斯·坦斯利认为他是当代最伟大的玄学家，她说道。但是对他来说这还不够。他必须得到同情。必须使他确信他也处身于生活的中心；人们需要他；不仅在这里，而且在世界各处都需要他。她闪动着钢针，自信，坦然，她把客厅和厨房创造得光彩夺目；让他在那里自在安心，进进出出，过得快活。她笑，她织袜子。詹姆斯直挺挺地站在她双膝之间，感觉到她所有的力量都突然迸发出来，被那个黄铜鸟嘴吸吮、压制，被男人那把生气全无的短弯刀一次再一次地无情猛击，要求得到同情。

他是个失败者，他重复道。好吧，那你看一看，感觉一下吧。她闪动着钢针，环顾四周，看看窗外，看看室内，看看詹姆斯，她用她的笑声、她的沉着自信的姿态、她的胜任一切的能力使他毫不怀疑地确信这是真的（正像一个拿着盏灯穿过一间黑屋子的保姆让一个犟孩子放心一样）；宅子里丰富充足；花园中鲜花盛开。如果他对她绝对信任，就没有什么能伤害他；无论他把自己埋得多深或爬得多高，也没有一刻会发现她不在自己身边。她对自己包围保护别人的能力是如此自豪，因而简直没有给自己留下一个能使她了解自己的躯壳；一切都毫不吝惜给掉了，用尽了；而当詹姆斯直挺挺地站在她双膝之间时，感觉到她上升成了一棵枝繁叶茂、开满红花的果树，被那个黄铜鸟嘴，那个自我中心的男人（他的父亲）的那把生气全无的短弯刀冲进去猛击，要求得到同情。

他脑袋里装满了她的话，像一个心满意足地睡着了的小孩，终于恢复了信心，重新振作起来，怀着谦恭的感激之情看着她，说他要去转上一圈；他要去看孩子们打板球。他走开了。

立刻，拉姆齐夫人似乎把自己合拢了起来，花瓣一片叠着一片地合上，整个架子筋疲力尽地塌了下来，于是她听任极度疲乏的摆布，只剩下把手指在格林童话的书页上移动的力气；同时在她体内跳动着创造成功的狂喜，如同泉水的涌动，在扩展到了极点后现在慢慢停止了搏动。

在他走开去的时候，这一涌动中的每一次跳动似乎都把她和丈夫包围于其中，使他们给对方以安慰，像同时奏出一高一低的两个不同音符结合起来时所能互相给予的那样。然而，当回响着的共鸣消失，她又回到童话故事的时候，拉姆齐夫人不仅感到身体的疲乏（她总是在后来、而不是当时，有这种感觉），而且在肉体的疲乏中还夹杂着出自另外原因的微微令人不快的感觉。在她朗读渔夫老婆的故事时，她并不确切地知道这感觉来自何处；当她翻页停止朗读、听到海浪落下时那沉闷不祥的声音、意识到它的来源时，她也没有让自己用语言把不满表达出来：她不愿意感到自己比丈夫强，即使是一秒钟也不行；而且在对他说话时如果不能肯定自己说的都是事实，她是无法忍受的。大学和人们需要他，讲课、著作以及它们具有头等重要的意义——这一切她从不怀疑；但是，使她烦恼不安的是他们两人之间的关系，他这样公开地到她这儿来求助，搞得尽人皆知；因为这样一来人们就会说他依赖于她，而实际上他们应该知道，在他们两个人之中他绝对重要得多，比起他对世界的贡献，她的贡献是微不足道的。不过也还有着另一点——由于害怕不能够告诉他真相，比如说，关于温室的顶和修理所需费用，可能得五十镑左右；还有关于他的著作，她怕他会猜到他最近出的那本书并不是他写得最好的一本，她本来就有点疑心是这么回事（她是从威廉·班克斯处得到的印象）；还有需要隐瞒一些日常小事，以及孩子们看到这一切给他们造成的负担——所有这些都削弱了两个音符在一起奏出时那完整的欢乐、纯粹的欢乐，使这声音凄凉单调地在她耳际消失。

一个影子落在了书页上；她抬起头来，看见是奥古斯塔斯·卡迈克尔正在这时拖沓着走过。此时此刻使她想到人际关系之种种不足；想到最完美的关系也有瑕疵，由于求实的天性她不能回避这一点，她对丈夫的爱又使她无法忍受这种审视；这实在是太痛苦了。此时此刻她正痛苦地感到自己被证明毫无价值，这些谎言、这些夸大不实之词阻碍了自己的正常作用——正当她在兴奋得意的余波中如此不体面地烦恼之时，卡迈克尔先生偏巧穿着他那双黄拖鞋踢踏走过，鬼使神差地，她不由得在他走过时大声对他说道，

“是要进屋吗，卡迈克尔先生？”

8

他什么话也没有说。他抽鸦片。孩子们说他的胡子就是鸦片染黄的。也许吧。对她来说，明显的是，这个可怜的人很不快活，每年来到他们这儿以求逃避；然而每年她都有同样的感觉：他不信任她。她说，“我要到城里去，要不要给你带点邮票、纸、烟草？”她觉得他听后总是一缩。他不信任她。这都是他妻子造成的。她想起他妻子对他的那种凶狠恶劣的态度，在圣约翰树林那间可怕的小屋里，她亲眼看见那个可恶的女人把他赶出家门，使她惊得呆住了。他邋遢不整，总是失手把东西掉在外衣上弄脏衣服；他有无所事事的老人那讨人嫌的毛病；而她竟把他赶出了家门。她用她特有的可恶腔调说，“现在拉姆齐夫人和我要一起聊一聊”，而拉姆齐夫人的眼前仿佛出现了他生活中数不尽的苦难。他的钱够买烟草吗？他是不是得伸手向她要钱来买？半个克朗？十八个便士？啊，想到他妻子使他遭受的种种细小的屈辱，真让她难以忍受。现在他总是（为了什么，她猜不出来，只知道可能多少和那个女人有关系）不愿接近她。他什么也不告诉她。可是她还能怎样对他呢？已经给了他一间向阳的房间。孩子们对他很好。她从来没有过任何不欢迎他的表示。实际上她总是特地向他表示友好。你需不需要邮票，你需不需要烟草？这儿有本你可能喜欢的书，等等。可是毕竟——毕竟（此时她莫名其妙地收拢身体，这时，产生了平时很少出现的、对自己的美丽的感觉）——毕竟，一般说来让人喜欢她并不是难事，例如乔治·曼宁、华莱士先生；尽管他们都是名人，也常会在某个晚上到她这里来，静静地围炉谈心。她不可能不知道，她无论到哪儿，都带着她的美貌，如同一个火炬，她举着它进入每一个房间；尽管她会加以掩盖，会在美貌强加在她身上的、单调的承受前退缩，她的美仍然是有目共睹的。她受过赞慕。她被人爱恋。她曾经走进坐有送葬人的屋子。眼泪在她面前流淌。男人，女人也一样，放下各种各样复杂的心事，让自己和她一起在纯朴中获得安慰。而他竟然不愿接近她，使她受到了伤害。使她痛苦。但是又有点不清不白，不太恰当。使她不高兴的正在于此，偏巧在她对丈夫不满的时候来到；当卡迈克尔先生穿着他的黄拖鞋，胳膊下夹着本书拖沓着经过她，对她的问话只是点了点头，她的感觉是她受到了怀疑；感到她所有的愿意给予、愿意帮助人的欲望都是出自虚荣。难道是为了自己的自我满足她才如此本能地要帮助、要给予，是为了人们说起她时会说，“啊，拉姆齐夫人！亲爱的拉姆齐夫人……拉姆齐夫人，当然啦！”并需要她，派人来找她，赞美她？她暗自想要得到的难道不是这些吗？因此当卡迈克尔先生像现在这样从她身边退缩开去，匆匆逃到那个角落去做他那无穷无尽的藏头诗时，她不仅感到自己的天性受到了冷落，而且还意识到自身的某些渺小之处，意识到人际关系，即使在最好的情况下也如何充满缺陷、如何卑鄙、如何谋求私利。她现在是又疏于修饰又疲惫不堪，想来已不再让人看了赏心悦目（她双颊凹陷，头发灰白），最好还是把心思放在渔夫和他妻子的故事上，以抚慰那个极度敏感的孩子（她的孩子里就数他敏感），她的儿子詹姆斯。

“渔夫的心情变得沉重起来，”她大声读道，“他不会去的，他对自己说，‘这样做不对，’然而他还是去了。当他来到海边时，海水的颜色深紫、暗蓝，灰白而浑浊，不再是一片黄绿色，但海面仍很平静。他站在那里说道——”

拉姆齐夫人真希望她的丈夫没有选择这个时候停下来。他为什么没有如他所说去看孩子们打板球？但是他没有说话；他看了看；他点点头；他称赞；他继续往前走。他的思想滑了开去，看到面前那一次又一次使他停顿下来的树篱，象征着某种结论；看到他的妻子和孩子，又一次看到那些垂着红色天竺葵的石瓮，这些花经常点缀他的思想进程，并在叶片上把它们记载下来，好像叶子就是张张纸片，人们在匆忙阅读时在上面草草写下笔记——他的思想滑了开去，看到这一切，《泰晤士报》上的一篇关于每年参观莎士比亚故居的美国人的数目的文章使他平静地陷入了沉思。他自问，如果莎士比亚从来没有存在过，那个世界会和今天的世界有很大的不同吗？文明的进步取决于伟人吗？是否今天普通人的命运比古埃及法老时代的人要好一些？然而，普通人的命运，他自问道，是否就是我们判断文明程度的标准呢？也许不是。也许最伟大的优秀事物的存在需要一个奴隶阶级的存在。伦敦地铁里的电梯工就是个永恒的需要。这个念头令他不快。他把头猛地往后一仰。为了摆脱它，他得找到一个办法来压制艺术的优越地位。他要证明，世界是为普通人存在的；艺术只不过是一种强加在人类生活之上的装饰；艺术并不表现生活的本质。对于人类生活来说，莎士比亚也并不是不可缺少的。他不明白究竟为了什么他要贬低莎士比亚，去挽救永远站在电梯门口的工人。他猛地从树篱上摘下一片叶子。这一切都得在下个月在加的夫的年轻人面前好好阐述一番，他想；在这儿，在他的阶地上，他只不过在随意搜索，轻松品尝（他扔掉了刚才气冲冲地摘下的叶子），就像一个人骑着马缓缓行走在从童年时起就熟知的乡间小路和田野上，从马背上弯身摘一束玫瑰，或采下坚果塞满口袋。一切都是熟悉的，这儿一个拐弯，那儿一个篱墙边的阶梯，那条穿过田间的近路。傍晚他常常一连几个小时就这样度过，抽着烟斗，思路沿着那古老而熟悉的小路和公地上上下下、进进出出，在这些地方，不是那儿留有那场战役的历史，就是这儿留有这个政治家的生平，还有诗歌和逸事，而且还有图像，这个思想家，那个军事家；一切都非常生动清晰；但是最后那小路、田野、公地、结着果实的坚果树和开满鲜花的树篱把他带到了路的下一个拐弯处，他总是在那儿下马，把马拴在一棵树上，然后独自徒步前行。他走到草坪的边缘，俯瞰下面的海湾。

这是他的命运，他的特性，不管他愿意与否，都要这样来到这个正在被大海慢慢侵蚀的岬地，像一只孤独的海鸟站在那里，形影相吊。突然摆脱一切浮浅杂念，收敛缩小使自己显得更直率、感觉更精干，甚至身体上也是如此，然而却不会失去头脑的敏锐，这是他具有的力量，他的天赋。因此，站立在他这块小小的突出的岩石上，面对着人类的蒙昧无知，大海正侵蚀我们脚下的土地而我们却一无所知——那就是他的命运，他的天赋。但当他下马时，他已抛弃了一切矫揉和浮夸，一切坚果和玫瑰等战利品，收敛自己，以至他不仅忘记了自己的声誉，而且甚至忘记了自己的姓名；然而即使在那样孤独的状态里面，他仍保持着警惕，不放纵幻想，不沉溺于空想之中。他正是以这一姿态使威廉·班克斯（断断续续地）、查尔斯·坦斯利（忠心不贰地）以及妻子现在（她正抬头看见站在草坪边缘的他）对他产生了深深的敬畏、怜悯以及感激之情。就如同一根打进航道上的标桩，海鸥在上面栖息，海浪在上面拍击，独自在洪流中监守职责，标明航道，使一船船快乐的船客萌生感激之情。

“但是八个孩子的父亲没有别的选择……”他低声咕哝道，于是他猛然打断了思绪，转过身子，叹了口气，抬起眼睛寻找给小儿子念故事的妻子的身影；他装上了烟斗。他转过身来，不再去注意人类的蒙昧无知和人类的命运和大海侵蚀我们脚下的土地，如果他执着地思考这一切的话，他本来是可能会有所发现的；但他却从与他刚才面对的庄严主题相比如此微不足道的琐事上寻求安慰，使他颇想将此种安慰看得无足轻重，不屑一顾，仿佛对于一个诚实可敬的男人来说，被发现在一个苦难的世界上感到幸福是件最为卑鄙的罪行。不错；总的说来他是幸福的；他有妻子；他有儿女；他已经答应六周后给加的夫的年轻人就洛克[1]、休谟[2]、贝克莱[3]等哲学家及法国大革命的起因等“讲几句废话”。但是这一切以及他从中得到的乐趣，从他的警句中；从青年人的热情中；从他妻子的美貌以及他从斯旺西、加的夫、艾克赛德、南安普顿、基德明斯特、牛津、剑桥等大学给予他的赞美中所获得的乐趣——一切都不得不用“讲

1 洛克（1632—1704），英国哲学家。
2 休谟（1711—1776），苏格兰哲学家和历史学家。
3 贝克莱（1685—1753），爱尔兰主教及哲学家。

几句废话”一语加以掩饰和贬低，因为，实际上，他并没有去做他本可能做的事情。这是个伪装；是一个害怕承认自己感情的人的避难所，这个人不能说，这是我所喜欢的——我就是这样的人；这一点对于威廉·班克斯和莉莉·布里斯柯来说是既可怜又可厌，他们不明白为什么他需要这样掩饰；为什么他总需要赞扬；为什么一个在思想上如此大胆的人在生活上却如此怯弱；他可敬而同时却又可笑，这是多么奇怪的事。

教导和劝诫是人的能力所做不到的事，莉莉猜想道。（她正在收拾画画的东西。）如果你因受到吹捧而得意，就必然会栽跟头。拉姆齐夫人过分轻易地给了他所要的一切。这样，任何变化就肯定会造成他的烦乱，莉莉说。他钻出书本走进来，发现我们都在做游戏和瞎聊天。想象一下，和他所思考的东西相比，这是个多大的变化，她说。

他正在向他们冲来。现在他突然停住，站在那儿默默注视着大海。现在他又转身离开了。

9

是的，班克斯先生看着他走开，说道。实在太遗憾了。（莉莉曾说过他使她害怕——他情绪的变化是如此突然。）是的，班克斯先生说，拉姆齐先生的行为不能做到和别人的差不多，实在太遗憾了。（因为他喜欢莉莉·布里斯柯；他可以和她很坦率地谈论拉姆齐。）正由于此，他说，年轻人不愿读卡莱尔[1]的作品。一个牢骚满腹、爱发脾气的老头子，连粥冷了都要暴跳如雷，凭什么对我们进行说教？这是班克斯先生了解的现在的年轻人的说法。如果你和他一样认为卡莱尔是人类伟大的导师之一，那就太遗憾了。莉莉羞愧地说她离开学校以后就没再读过卡莱尔的书。但依她之见，正因为拉姆齐先生认为如果他的小手指头痛了，整个世界就要灭亡，人们才更加喜欢他。她在乎的并不是这一点。谁会受他蒙骗呢？他其实

1 卡莱尔（1795—1881），苏格兰散文家、历史学家和哲学家。

是在公然地要你奉承他、赞美他，他的小小诡计骗不了任何人。她不喜欢的是他的狭隘、他的盲目，她看着他的背影说。

“有那么点伪君子的味道？”班克斯先生提出道，一面也看着拉姆齐先生的背影，因为他不正是在想着他的友谊，想着卡姆不肯给他一朵花，想着所有那些男孩和女孩，想着他自己那所原来非常舒适、但妻子去世后却很冷清的住宅吗？当然，他有他的工作……然而他还是希望莉莉能同意，如他所说的那样，拉姆齐“有那么点伪君子的味道”。

莉莉·布里斯柯继续收拾着她的画笔，头一会儿抬起，一会儿低下。抬起头看见他就在那里——拉姆齐先生——正向他们走来，大摇大摆、毫不在意、心不在焉、冷淡疏远。有那么点伪君子的味道？她重复着班克斯的话道。哦，不——他是最真诚、最可靠（他已经来到眼前）、最优秀的人；但是，她低下头去时心里想，他一心只想到他自己，他专横，他不公正；她故意一直低着头，因为只有这样她才能在和拉姆齐一家待在一起时保持沉着从容。只要一抬起头来看见了他们，她称作为“爱上了”的感情就会把他们湮没。他们就成了通过爱的眼睛所看到的那个虚幻然而深刻、令人激动的宇宙的一部分。天空和他们在一起；小鸟通过他们来歌唱。当她看到拉姆齐先生走近又退回、拉姆齐夫人和詹姆斯坐在窗口，白云飘动，树枝摇曳，她感到更是激动，觉得生活不再是由经历的一个个分散的小事件组成，而变成卷在一起的整体，就像波浪，使人随之起伏，一下子冲上了海滩。

班克斯先生在期待着她回答。她正要说点什么来批评拉姆齐夫人，说她也有让人害怕的地方，有她自己的专横之处，或诸如此类的话，突然班克斯先生一副着迷的神态使得她根本没有必要再说什么了。因为考虑到他已年过六十，他的严谨清白和他的不动感情的特点，以及似乎蒙在他身上的那雪白的科学外衣，他的神态可以说得上是着迷了。像他这样一个人用像莉莉看见的那种目光注视拉姆齐夫人，确实称得上是着迷了，莉莉觉得，这相当于几十个年轻人的爱慕之和了（也许拉姆齐夫人还从来没有激起过几十个年轻人的爱慕呢）。这是爱，她心想，一面假装搬动画布，是经过提炼和过滤的爱；从不企图把对方抓在手心里的爱；但是，像数学家对符号的爱，或诗人对诗句的爱那样，是要将其传遍世界，使其成为人类成果的一部分的。确实也是如此。世界毫无疑问应该分享这种感情，如果班克斯先生能够说出那个女人为什么会让他如此倾心；为什么看到她给儿子读童话故事会在他身上产生如同解决了一个科学难题同样的效果，使他对此沉思默想，就和他找到了植物的消化系统的可靠证明一样，使他觉得野性被驯化，混沌被征服。

他如此着迷——除此还能用什么别的字眼来叫它呢？——使莉莉·布里斯柯完全忘记了她刚才想说的话。不是什么要紧的话；是关于拉姆齐夫人的什么话。在这番“着迷”的面前、在这种无言的凝视面前，要说的话显得十分苍白，为此她充满了感激之情，因为没有什么比这庄严崇高的力量、这上天的赐予更能给她以慰藉，缓解她感到的人生的困惑，并奇迹般地为她卸去人生的重负；当这种着迷状态持续的时候，谁也不会搅乱它，就像没有人会去遮断平射在地板上的一束阳光一样。

人竟然能这样地爱，班克斯先生竟然能对拉姆齐夫人怀有这样的感情（她看了一眼若有所思的他），实在是使人得益、令人兴奋。她故意乖乖地把画笔一支接一支地用一块抹布擦干净。她躲在这种把所有女人都包括在内的敬慕之情中；感到自己也受到了赞美。让他去凝视吧，她要偷偷看一眼她的画了。

她简直要哭出来了。糟糕，糟糕，真糟糕极了！当然她原可以不这样画的；颜色可以涂得薄一点淡一点；轮廓可以再虚一点；庞斯富特眼里看到的画面就会是这个样子。可是她看到的并不是那样。她看见的是颜色在钢铁的框架中燃烧；蝴蝶翅膀形的光照在教堂的拱门上。所有这一切留下的只有画布上几个随意涂抹的痕迹。这画永远不会去展览，甚至都不会挂出来，这时坦斯利先生的低语又在耳际响了起来，“女人不会画画，女人不会写作……”

这时她想起了刚才正要说的关于拉姆齐夫人的话。她不知道自己会如何表达；但肯定会带有批评性质。那天晚上她的专横使自己很生气。她顺着班克斯先生看拉姆齐夫人的目光望去，心想没有哪个女人能够像他崇拜拉姆齐夫人那样崇拜另一个女人；她们只能一起在班克斯先生给予她们的庇荫下寻求安身立命之所，她沿着他的目光望去时把自己的不同的目光加了进去，一面心里在想，毫无疑问她是最漂亮的人（现在正低着头看书）；也许还是最好的人；可是仍和你在那里看到的完美的形态不同。但为什么不同，怎么个不同法？她问自己，一面把调色板上一堆堆蓝色绿色颜料刮去，她感到现在它们就像没有生命的泥土块，然而她发誓明天她要赋予它们以灵感，强迫它们按她的意志动作、流淌。她究竟不同在何处？她的内在精神是什么？如果你在一张沙发的角落里发现了一只手套，从手套弯曲的手指上可以毫无疑问地断定这是拉姆齐夫人的，那么用什么来了解她的本质呢？在速度方面她如一只鸟，在直截了当方面她如一支箭。她任性；她咄咄逼人（当然啦，莉莉提醒自己，我考虑的是她和女人间的关系，我比她年轻得多，是个小人物，住在布罗普顿街）。她打开卧室的窗子。她关上门。（她这样开始试图在脑子里想象拉姆齐夫人的生活情况。）她深夜到莉莉这里来，轻轻敲一下房门，身上裹件旧皮大衣（她的美貌总是这样衬托出来的——匆匆而就，但恰到好处），她总是要把随便什么拿来表演一番——查尔斯·坦斯利丢了雨伞；卡迈克尔先生哼哧哼哧吸鼻子；班克斯先生说，“蔬菜失去了盐分”。这一切她都能熟练地学出来，甚至恶作剧地歪曲一番；然后她走到窗前，假装必须走了——已是黎明时分，她可以看见太阳正在升起——她半转过身子，更为亲密地但仍旧不断笑着坚持说，她一定得，明塔一定得，她们都一定得结婚，因为在这整个世界上，无论她得到什么样的荣誉的桂冠（但是拉姆齐夫人觉得她的画毫不足取），或获得了什么样的胜利（也许拉姆齐夫人曾有过自己的一份胜利）——说到此处她神情变得忧郁悲哀，回到椅子旁——无可争辩的一点是，一个没有结过婚的女人（她轻轻地把莉莉的手握了片刻）失去了人生最美好的部分。房子里似乎充满了熟睡的孩子，拉姆齐夫人在凝神倾听；充满了罩暗了的灯光和有规律的呼吸声。

啊，可是，莉莉会说，她还有父亲；她的家；甚至，如果她敢于说出口的话，还有她的画。但这一切和结婚相比显得如此微不足道、如此小孩子气。然而，随着夜的过去，晨光撩开了窗帘，小鸟不时在花园里叽叽鸣叫，她会拼死鼓足勇气，力陈自己属于普遍规律之外；她为之辩护；她喜欢单身的生活；她喜欢按本性生活；她不适于婚姻生活；于是便不得不迎接拉姆齐夫人的无比深邃的目光的严肃的盯视，面对拉姆齐夫人的简单的定论（她现在又像孩子般天真了）：她亲爱的莉莉，她的小布里斯柯，真是个傻瓜。后来，她记得，她把头靠在拉姆齐夫人的怀里，笑啊，笑啊，笑啊，想到拉姆齐夫人带着永远不变的沉着冷静要去支配她完全不能理解的命运，莉莉几乎是歇斯底里地笑着。拉姆齐夫人就坐在那儿，单纯而严肃。莉莉现在已经恢复了对她的认识——这就是手套的那只弯曲的手指。但是她深入进去的是什么样的神圣禁区？莉莉·布里斯柯终于抬起头来，眼前就是拉姆齐夫人，对引起她大笑的原因浑然不知，仍在对她的命运进行着支配，但是现在已经去掉了任何任性的痕迹，代之以如终于云开雾散后的天空般的清澈——就像静卧在月亮旁的那一片小小的天空。

这就是智慧吗？这就是知识吗？还是说，这是美的又一次欺骗，好把所认知的不彻底的真理缠结在一个金色的网中？或者她是否在心中锁着什么秘密，莉莉·布里斯柯确信，如果世界要继续存在下去，人们就必定会有此种秘密？不可能谁都像她那样狼狈地过仅能糊口的日子。但是如果他们知道这秘密，他们能把所知道的告诉她吗？她双臂搂着拉姆齐夫人的膝盖坐在地板上，挨得尽可能的近些，想到拉姆齐夫人永远不会知道她所感到的那份压力的原因，不禁微微一笑。她想象在这个和她躯体相挨的女人的思想和心灵的密室中，就像帝王墓室中藏着财宝一样，竖立着刻有神圣铭文的碑石，如果你能琢磨出这铭文的意思，便能得知一切，但它绝不会自动坦率地奉献出来，揭示于众。需要什么样的爱或狡黠的手段才能奋力进入这些密室之中？用什么方法才能和你崇拜的对象结成不可分的一体，犹如倒进同一个罐子里的各种水一样？肉体能达到这一境界吗？还是在大脑错综复杂的通道中精妙地交织起来的思维？抑或是心灵能达到这一境界？人们称之为爱恋的感情能将她和拉姆齐夫人结为一体吗？因为她渴望得到的不是知识而是合一，不是石碑上的铭文，不是可以用人类已知的任何文字写下来的东西，而是亲密本身，这就是知识，她头靠在拉姆齐夫人的膝上想道。

什么也没有发生。什么也没有！她头靠在拉姆齐夫人的膝上时，什么也没有发生！然而她知道，拉姆齐夫人的心头储藏着知识和智慧。她曾问过自己，如果每一个人都这样把自己封藏起来，你又怎能对他们有这样那样的了解呢？只能像只蜜蜂，被空气中某种既摸不着又尝不到的香甜或刺鼻的气味所吸引，出没于穹隆状的蜂巢之中，只身漫游在世界各国荒凉空旷的天空中，然后又出没在充满嗡嗡声的忙碌的蜂巢中。那蜂巢就是人们。拉姆齐夫人站起身来。莉莉站起身来。拉姆齐夫人走了出去。此后很多天，如同在一场梦后感到梦中人身上起了某些微妙的变化，莉莉心头一直萦绕着那嗡嗡声，比拉姆齐夫人说过的任何话都要清晰。当她坐在客厅窗口的柳条扶手椅里时，在莉莉眼中她具有一种庄严形态：一个圆拱顶殿堂的形态。

莉莉的目光和班克斯先生的目光平行直射向坐在那里给膝旁的詹姆斯读故事的拉姆齐夫人。但是当她仍在看着时，班克斯先生却已经收回了他的目光。他戴上了眼镜。他退后了两步。他抬起了手。他微微眯起了他清澈的蓝眼睛，这时莉莉才从沉思中惊醒，看见了他在干什么，她像一条看见了一只举起来要打它的手的狗那样身子不由得一缩。她真想一把把画从画架上抓下来，但她对自己说，总得让人看的。她做好准备去承受别人看她的画这一可怕的考验。总得让人看的，她说，总得让人看的。如果非得让人看不可，让班克斯先生看比让别人看使她少感到恐慌一些。但是让任何人看到她三十三年生活的残余，她每一天生活的积淀，混杂着她一生从未吐露从未揭示过的隐秘，实在是太痛苦了。但同时却又令人感到极其兴奋。

谁也不可能比他更沉着平静了。班克斯先生拿出一把随身带的单开小折刀，用骨质的刀柄轻轻地敲着画布。她想用这个紫色的三角形表示什么？“就在那儿”，他问道。

是拉姆齐夫人给詹姆斯念故事，她说。她知道他反对的理由——没人能看出这是个人的形状。但她并没有企图画得和真人一样，她说。那么她为什么要画他们呢？他问。真的，为什么呢？——只不过因为如果在那里，在那个角落里，光线很明亮，这里，在这边，她感到需要暗的色调。尽管道理简单、明显、平常，班克斯先生却很感兴趣。那么这就是母与子了——这是受到普遍崇敬的对象，而此处还是个以美貌著称的母亲——竟然可以将其简化为一团紫色的阴影而毫无不敬的感觉，他心中默想道。

但是这幅画画的不是他们，她说，至少不是从他理解的意义上的他们。人们还可以从别的意义上崇敬他们。比如说，用这里一块阴影、那儿一道亮色来表示。如果像她隐约感到的那样一幅画必然是一种敬意的表示，她的敬意就是用这种形式表现出来的。母与子可以被简化成一团阴影而毫无不敬之意。这里的一片亮色需要那儿有一片阴影。他思考着。他很感兴趣。他真诚地以科学的态度来理解她的话。事实是，他的偏见完全是另一方面的，他解释道。他客厅里最大的一幅画得到了画家们的赞扬，估计比他买的时候要值钱，画面上是肯尼特河畔繁花似锦的樱桃树。他说他是在肯尼特河畔度的蜜月。莉莉一定要来看看那幅画，他说。不过现在——他转过身去，把眼镜推到脑门上，用科学的眼光来审视她画布上的画。问题的关键是画面布局、光和阴影间的关系，而这方面，老实说，他以前从未考虑过，他希望能给他解释一下——她究竟打算如何处理这画面？他指了指眼前的景象。她看着这景象。她无法使他明白她打算如何处理，手里没有画笔时连她自己都看不出要如何处理。她重新摆出了绘画时习惯的姿势，目光蒙眬、心不在焉，压抑下她作为女人的所有印象，集中在更具一般性的事物上；又一次处于那强有力的景象的支配之下，她曾经清清楚楚地看到过它一次，而现在却必须在树篱、房屋、母亲们和孩子们之间到处搜寻——她的画面。她记起来了，问题在如何把右边的布局和左边的联系起来。她可以把树枝的线条这样画过来；或者用一个物体（也许是詹姆斯）填补上前景的空白。但这样做的危险是可能破坏了整体的协调。她打住话头；她不想惹他厌烦；她轻轻从画架上把画布取了下来。

但是这画让人看见过了；被人从她这儿拿走了。这个男人分享了她内心深处最隐秘的东西。她能够不必再独自走完这生命的长廊，而是和某个人挽臂同行——这是世上最新奇最令人兴奋的感觉——为此她感谢拉姆齐先生和拉姆齐夫人，感谢这个时刻和这个地方，她把这一切归功于她从未想象到具有如此力量的这个世界。她按下画箱的锁扣，用力过猛，锁钩似乎无休止地围着画箱、草坪、班克斯先生以及猛冲过去的任性的小淘气卡姆旋转起来。

10

卡姆擦着画架猛跑过去；她才不为班克斯先生和莉莉·布里斯柯停下呢；尽管很想自己有个女儿的班克斯先生向她伸出手来；她不为父亲停下，也在他身边擦过；也不为母亲停下，母亲在她跑过身边时叫道，“卡姆！你来一下，我有点事找你！”她转眼就没影儿了，像一只鸟，一粒子弹，或一支箭，受什么愿望驱使，由什么人射出，向着什么目标，谁能说得出呢？怎么回事，怎么回事？拉姆齐夫人看着她默默想道。可能是一个幻象——一只贝壳，一辆手推车，树篱另一侧的一个神话王国；或许可能是速度的壮丽感觉；谁也不知道是怎么回事。但是当拉姆齐夫人又叫了一声“卡姆！”时，抛射体半途坠落，卡姆慢吞吞向母亲走来，半路上揪下了一片树叶。

她在瞎想些什么？拉姆齐夫人看到她站在那里全神贯注在自己的什么念头上，心里不禁感到奇怪。她不得不把要说的话又重复了两遍——去问一下米尔德里得，安德鲁、多伊尔小姐和雷勒先生回来了没有？——她的话好像落到了一口井里，如果井水是清澈的，它却同时也具有奇特的扭曲作用，你会看到即使在她的话下落之时已开始左扭右拐，天知道最后在孩子的心底里成了什么形状。卡姆会把什么样的口信带给厨娘？拉姆齐夫人琢磨着。确实，只有耐着性子等了半天，听她讲完厨房里有一个腮帮子通红的老太婆在用一只盆子喝汤，拉姆齐夫人才终于引发了她那相当准确地记住了米尔德里得的话的鹦鹉学舌的本能，如果你耐着性子等，她最后会用单调平板的声音把话复述出来。卡姆来回掼动着脚，重复了米尔德里得的话，“没有，他们还没回来，我已经告诉艾伦把茶点撤下去了。”

这么说明塔·多伊尔和保罗·雷勒还没有回来。这只可能意味着，拉姆齐夫人想道，一件事。她必须要么接受他，或要么拒绝他。像这样午饭后就出去散步，即使有安德鲁在一起——还能意味着什么呢？除非她已经做出了正确的决定，拉姆齐夫人认为（她非常非常喜欢明塔），接受那个好小伙子。他也许才华并不出众，可是，拉姆齐夫人想道，这时她意识到詹姆斯正在使劲拽她，要她接着念渔夫和他妻子的故事，她打心眼儿里情愿要个笨家伙也不要那些写论文的聪明人；比如说查尔斯·坦斯利。反正无论结局如何，这事现在肯定已经发生了。

但她嘴里在念着，“第二天他的妻子先醒了过来，天才刚刚亮，她从床上可以看见美丽的乡村景色展现在眼前。她的丈夫还在伸懒腰……”

但是现在明塔怎么能说她不接受他呢？她既然同意整个下午都和他单独在乡间一起闲逛——因为安德鲁会去捉他的螃蟹——不过南希可能和他们在一起。她努力回想午饭后他们站在门厅外的情形。他们站在那儿，看着天空，琢磨着天气的好坏，拉姆齐夫人半是为了替他们掩饰他们的羞涩，半是为了鼓励他们出去（因为她同情保罗），便说道：

“多少英里之内都没有一片云。”这时她可以感觉到跟在他们后面出来的小矮个查尔斯·坦斯利在窃笑。但她是故意那样说的。她在心里把人看了一遍，无法肯定南希是否在场。

她继续念道：“啊，老婆子，”渔夫说，“咱们干吗要当国王呢？我不想当国王。”“那么，”妻子说，“要是你不当国王，我来当；去找那条比目鱼吧，我要当国王。”

“你要么进来要么出去，卡姆。”她说，她知道吸引卡姆的只是“比目鱼”这个词，用不了多久她就会和往常一样坐不住，和詹姆斯打架。卡姆飞也似的跑开了。拉姆齐夫人放下心来，因为她和詹姆斯有共同的爱好，在一起感到轻松愉快。她接着往下念。

“当他来到海边，天空阴沉灰暗，海水从深处往上翻腾，散发

着腐烂的气味。他走到海边，站在那里，说道，

比目鱼，大海里的比目鱼，
求你来到我这里；
因为依萨贝尔我的妻，
不肯依我的心愿请求你。

‘好吧，那么她想要什么呢？’比目鱼问道。”他们现在在什么地方？拉姆齐夫人一面念一面在心里琢磨。她一心二用起来很是轻松，因为渔夫和他妻子的故事就像轻柔地给一支曲子伴奏的低音部分，时不时地会突然响起在旋律之中。应该什么时候对她说？如果什么事情也没有发生，她就得和明塔严肃地谈一谈。因为她不能这样在乡下到处闲逛，即使有南希和他们在一起也不行（她又一次试图回想他们沿小路走去时的背影，数数是几个人，但是还是想不起来）。她要对明塔的父母——猫头鹰和拨火棍——负责。她念着念着故事，她给他们起的绰号噌地蹿进了脑子里。猫头鹰和拨火棍——是的，他们要是听见了会生气的——他们肯定会听到的——说明塔待在拉姆齐家时被人看见如何如何，等等。“他在下议院当上了议员，她能干地在楼梯头上帮助他往上爬。”她重复着一次从某个宴会上回家时为给丈夫逗乐说过的一句话，这勾起了对他们的

记忆。哎呀，哎呀，拉姆齐夫人对自己说，他们怎么会生出这样一个和他们完全不相称的女儿来的？这个假小子明塔，袜子上还破了一个洞！她是如何在她的家庭那样一个环境里生存的？那里女仆整天拿着簸箕清扫鹦鹉撒在地上的沙子，而谈话几乎完全缩减到那只鸟的本事上——也许很有趣，但毕竟太局限了。很自然你开始请她来吃午饭、茶点、晚餐，最后请她到芬莱和他们住上几天。这件事造成了她和母亲猫头鹰之间的一些摩擦，于是更多的拜访，更多的谈话，更多的沙子，最后她关于鹦鹉的谎话说得多到真够她用一辈子的了（那晚他们从宴会上回家时她就是这么对她丈夫说的）。不管怎样，明塔总算来了……是的，她来了，拉姆齐夫人想道，她怀疑在这缠结成一团的思绪中隐藏着某种不安；她理清思绪，发现原来是这么回事：有一个女人曾经指责她“夺走了女儿对她的爱”；多伊尔夫人说过的一些话使她又想起了那个指责。爱支配人，爱干涉人，让别人按她的愿望做事——这些就是对她的指责，而她认为这极不公平。她看上去是“这个样子”，她有什么办法？没人能够指责她在费尽心机地去引人注目。她常为自己的寒酸而感到难堪。她也不盛气凌人、专横跋扈。牵涉医院、下水道和牛奶场，这话还有几分道理。有关这一类的事情，她确实很容易动感情，要是她有机会，她真想一把抓住人们的颈背好让他们看到一切。整个岛上没有一家医院。真是个耻辱。在伦敦，送到家门口的牛奶整个被尘土污染成了棕黄色。应该宣布这种事情为非法。在这儿建一家模范奶牛场和一家医院——这两件事情她很想亲自去做。但是怎么做？带着这么一大群孩子！等他们大一点，也许那时候她会有时间；等他们都上了学以后。

啊，可是她永远也不希望詹姆斯长大一天，卡姆也一样。她希望这两个孩子永远保持现在这样，是淘气的小鬼，快乐的天使，她永远不想看到他们长成长腿的怪物。无论什么也弥补不了这个损失。当她现在给詹姆斯念，“有许多带着铜鼓和喇叭的士兵”，他的目光变得阴沉时，她心里想，他们为什么要长大，从而失去这一切？在她的子女中，他是最有天赋、最敏感的一个。但是，她心里想，他们全都会有很好的前途。普鲁在和别的孩子相处时简直是个天使，现在有些时候，特别是在晚上，她的美丽已令人感到惊羡。安德鲁——就连她的丈夫也承认他在数学方面有非凡的天赋。南希和罗杰现在还都野得很，整天在乡间乱跑。至于说萝丝，她的嘴太大，但是她手巧极了。要是他们演猜字谜的哑剧，总是萝丝做服装；做所有的东西；她最喜欢布置餐桌、摆花，不管布置什么都喜欢。她不喜欢贾斯珀老爱打鸟；但这只是他成长中的一个阶段；他们都经过各种阶段。为什么，她把下巴贴在詹姆斯的头上，问自己道，他们这么快就长大了？他们为什么要去上学？她很希望身边永远有一个小娃娃。怀里抱着小娃娃她感到最幸福。人们会说她专横跋扈，盛气凌人，好支配人，他们愿意说就说吧，她不在乎。她用嘴唇轻抚着詹姆斯的头发，心里在想，他以后再也不会这么幸福了，但她想起了这样说使丈夫多么生气，便立刻制止了自己的这个念头。不过，这是真的。他们以后再也不会像现在这样幸福了。一套十个便士的茶具让卡姆高兴了好几天。他们一醒过来她就能听见他们在她头顶上面的地板上跺脚、欢闹。他们喧闹着跑过走廊。于是门猛地打开，他们一拥而入，像玫瑰花一样清新，机警地瞪大着眼睛，好像他们天天都要做的到餐厅来吃早饭对于他们是一件肯定无疑的大事情；如此等等。事情整天一件连一件，直到她上楼去和他们说晚安，看见他们像小鸟钻在樱桃和山莓之间般钻在挂着蚊帐的小床里，还在就一些鸡毛蒜皮的小事编故事——他们听来的，或在花园里无意得到的。他们都有自己小小的宝贝……于是她走下楼对丈夫说，他们为什么非得长大，失去这一切？他们永远也不会再这样幸福了。他生气了。为什么对生活抱这样悲观的态度？他说。这种看法不合情理。因为这一点很古怪；她相信这是事实；尽管他也悲观绝望，总的来说却比她更快活，更怀有希望。比她经受的人生烦恼要少——也许原因就在于此。他总能够从工作中找到支持。并不是说她如他所指责的那样很“悲观”，只不过是她想到生活时——眼前就出现了一小段岁月，她的五十年生活。就这样呈现在她眼前——生活。生活：她想道，但她并没有结束自己的思维。她看了一眼生活，因为在这一点上她有着清楚的观念，生活是某种真实、私密的东西，她既不和儿女也不和丈夫分享。在他们之间进行着一种交易，其中她是一方，生活是另一方，她总想占上风，生活也想占她的上风；有时候他们谈判（当她一人独坐时）；她记得有过一些了不起的和解场面；但奇怪的是，她必须承认，大多数时候她感到她叫作生活的这东西很可怕，充满敌意，一有机会就很快向你猛扑过来。还有那些永恒的问题：痛苦、死亡、穷人。即使在这儿，也总有一个女人因患癌症而不久人世。可是她却对所有的孩子说，你们将经历这一切。她曾对八个人无情地说过这话（修理温室的账单将会是五十镑）。她知道他们面临着什么——爱情和抱负以及在凄惨的地方独自忍受痛苦——因此才常有这种感觉：为什么他们非得长大，失去这一切？可是她又会向生活挥舞着剑对自己说，胡扯。他们会非常幸福。她沉思道，瞧她在这儿要让明塔和保罗·雷勒结婚，又感到生活充满了凶险；因为无论她对于自己的交易有什么感觉以及有过并非人人都经历过的遭遇（她并没有向自己具体列举这些遭遇）；她不由自主地说人应该结婚，人应该生孩子，她知道自己话说得太急促了，几乎像是自己的一种摆脱。

她这样做是不是错了，她问自己，一面回顾自己过去一两个星期的行为，不知道是不是真给明塔施加了压力让她下决心，她毕竟只有二十四岁啊。她心里感到不安。她不是笑话过这事吗？她难道又忘记了自己对别人有多大的影响吗？婚姻需要——哦，各种各样的品质（修理温室的账单将会是五十镑）；其中之一是——她不必明说了——那是最必不可少的；她和丈夫具有的那一项。他们俩有吗？

“于是他穿上裤子，像疯子一样逃跑了。”她念道，“但是外面是猛烈的暴风雨，狂风刮得他站不住脚；房屋和树木都倒了下来，地动山摇，岩石滚入大海，天空一片漆黑，雷鸣电闪，比教堂塔尖和山峰还要高的黑色的海浪滚滚涌来，浪尖上翻卷着白色的泡沫。”

她翻过一页；只剩下几行了，这样她就把故事念完吧，虽然已经过了睡觉的时间。已经很晚了。花园里的夜色告诉了她这一点；花的逐渐变白和叶子上的灰色暗影合在一起引起了她的焦虑。起初她想不出来焦虑的是什么。后来她记起来了；保罗、明塔和安德鲁还没有回来。她再一次在心中唤起过厅门前平台上那一小群人站在那儿望着天空的情景。安德鲁拿着他的网和篮子。这意味着他打算去捉螃蟹啦什么的。这意味着他会爬到突出在海中的岩石上去；涨潮会切断他的归路。也许他们回来时排成一行走在悬崖峭壁上的小路上，其中一个人可能失足，就会滚下山去，摔得粉身碎骨。天已经很黑了。

但是她没有让自己的声音有任何变化，念完了故事，她合上书，直看着詹姆斯的眼睛，仿佛是她自己编的似的说出了最后的一句话：“就在现在他们仍然生活在那里。”

“故事念完了。”她说，她看见，随着他眼中对故事兴趣的消失，出现了另一种东西；惊奇，灰白，像是一道光的反射，立刻使他注目凝视，充满惊异。她回过头来，向海湾的另一面看去，一点也不错，越过海面，有规律的先是迅速的两闪后，接着是长而稳定的一闪，那正是灯塔的灯光。灯塔的灯已经点燃了。

他很快就会问她，“咱们去灯塔吗？”而她只得说，“不去：明天不去；你父亲说不去。”恰好这时米尔德里得进来叫他们，忙乱使他们分散了注意力。但是米尔德里得抱着他出去的时候他仍不断回头看着，她肯定他在想，我们明天不去灯塔了；她想，他一生都会记得这件事的。

11

不会忘记的，她想，一面把他剪下来的一些图片收拾起来——一台冰箱，一台割草机，一位穿着晚礼服的绅士——小孩子什么都不会忘记的。因此一个人说什么，做什么都事关重大，他们上床以后才能感到轻松。这时她用不着顾忌任何人。她可以独处，可以处于自然状态。这正是现在她常常感到需要的——思考；哦，甚至连思考也不要。只要静默；独自一人。一切外扩的、绚丽的、语言的存在和行为都消失了；人怀着庄严感缩回自我，一个楔形的隐秘的内核，是别人所看不见的。尽管她直挺挺地坐着，仍继续在织袜子，但正是这样她感受到了自我；而这个摆脱了一切身外附属之物的自我可以自由地从事最奇特的冒险。当生活的活跃程度暂时减低时，体验的领域显得无边无涯。她想象，人人都感到具有这种无穷的内心资源；她自己，莉莉，奥古斯塔斯·卡迈克尔，无一不会感到，我们的外表现象、人们以此了解我们的东西简直是十分幼稚的。在这个表层之下是一片黑暗，不断扩展，深不可测；但是，时不时地我们会浮上表面，你们就是通过这看到我们的。她似乎感到自己内心的眼界无边无垠。那里有一切她从未看见过的地方；印度的平原；她觉得自己正在罗马掀开一所教堂的厚重的皮门帘。这个隐秘的内核可以去到任何地方，因为没有人能看见它。没有人能够阻止它，她狂喜地想道。有自由，有宁静，最可喜的是能把自己完整地置于稳定巩固的台子上休息。根据她的经验，作为生活中的人她永远无法获得休息（她此时用毛衣针织出了一个精巧的花样），只有作为一个楔形的隐秘的内核才能得到。失去了作为个人的存在，你也就失去了烦恼，焦急，躁动；每当一切聚合在这种和平、这种安息、这种永恒之中时，她的唇间便会涌出战胜了生活的欢呼；她想到这儿停顿了下来，眼光往窗外看去，和灯塔的三道闪光中最后那道长而稳定的光束相遇，这是属于她的光束，因为总是在这个时刻怀着这样的心情凝视它们，就会情不自禁地将自己和所看见的事物中的一个联系起来；而这个事物，这道长而稳定的光束，就是她的光束。她常常发现自己坐在那里凝视，手里拿着活计，一直到自己变成了她在凝视着的东西——比如说那道光束。它会将她心中埋藏的某一两句话提升出来，就如这句——“小孩子什么都不会忘记的，小孩子什么都不会忘记的”——她就会重复这话并开始在后面加上，会结束的，会结束的，她说。会来到的，会来到的，突然她补充说，我们都在上帝的手心里。

但是她马上就为自己说了这样的话而生气。这话是谁说的？不是她，她是不小心说了不是她本意的话。她从织的毛线活上抬起眼睛，眼光和第三道光束相遇，她觉得就像她自己和自己的目光相遇，只有她才能这样探索自己思想和心灵的深处，把那个谎言、任何谎言涤除干净。她在赞美那道闪光时也毫无自负感地赞美了自己，因为她和灯塔的闪光一样严厉、一样洞察、一样美丽。这真奇怪，她自思，一个人如果独处，怎么就会偏向于东西，无生命的东西；树木、溪流、鲜花；感到它们表达了你；感到它们成了你；感到它们懂得你，从某种意义上说就是你；感到一种无法理喻的柔情（她看着那道长而稳定的光束），就像是对自己的一种柔情。她手中的毛衣针停在那儿一动不动，专注地看啊看，这时从她的心底缭绕飘起、从她生命的湖上升起了一层薄雾，一位新娘来迎接她所爱之人。

她怎么会说出“我们都在上帝的手心里”这么一句话来的？她感到奇怪。在真话里不知不觉溜进来的不实之词使她恼怒不快。她又接着织毛袜。哪一个上帝能创造出这个世界来？她自问。她头脑中一直紧抓着这个事实，世上没有理性、秩序、公正；有的只是痛苦、死亡、穷人。无论什么样卑鄙的背信弃义行为在这个世界上都会出现；她知道这一点。没有长久的幸福；她知道这一点。她十分沉着地织着袜子，嘴唇微微缩拢，自己也没有意识到，在习惯性的严峻神情下她的脸部线条变得僵硬镇静，以至当她的丈夫经过时，虽然心里正在想哲学家休谟长得如此肥胖臃肿，陷进了泥沼，因而咯咯笑了起来，也不由自主地注意到存在于她的美貌深处的严峻。这使他感到悲哀，她的冷漠令他痛苦，他走过她身边时感觉到自己无法保护她，当他来到树篱前时，心里很难过。他无法帮助她。他只能站在一旁看着她。而且，可恨的事实是，他使她情况更糟。他易怒——容易因小事生气。为灯塔的事他发了脾气。他往树篱中看去，看着它交错的枝条，看着它那黑暗的深处。

人，拉姆齐夫人觉得，总是抓着一些零星事物不情愿地把自己从孤独中摆脱出来，如某种声音、某种景象。她侧耳倾听，但四周一片静寂；板球已经打完了；孩子们都在洗澡；只有大海的潮声。她停止了编织；拿起红棕色长袜的一头，让袜子在手里垂了一会儿。她又看见了那道光束。她看着这道稳定的光束，在她的疑问中带有讽刺，因为当人一旦醒来，各种关系就变了，灯塔光束的无情与冷酷，和她是如此相像又如此不同，使她俯首听命（她夜里醒来，看到它俯身越过他们的床铺，投到地板上），但是尽管她有这些想法，她仍着迷地、神魂颠倒地看着它，仿佛它在用银色的手指轻抚着她大脑中某条未知的脉管，这脉管的破裂将使她充满快乐，她曾经体会过幸福，极度的幸福、强烈的幸福，灯塔的银白色光芒使波涛汹涌的海面稍稍明亮了一点。当天光消退，大海失去了蔚蓝的颜色，灯塔的银光随着纯柠檬色的海浪翻滚涌涨，击碎在海滩上，她眼中涌出狂喜，无限的快乐之波卷过心田，于是她感到，足够了！这就足够了！

他回过身来看见了她。啊！她真美，他想，现在比任何时候都更美。但是他不能和她说话。他不能打搅她。现在詹姆斯离开了，终于只有她一个人了，他急切地想要和她说话。但是他决意不去打搅她。此时她的美、她的悲哀使她处于和他疏远的状态。他将听任她这样，于是就一声不响地从她身边走过；虽然她显得这样冷淡，他无法触及她，无法做任何事来帮助她，这很伤他的心。如果不是她在这时主动地给了他她知道他不会开口向她要的东西，他仍会一声不响地从她身边走过的。但她叫了他一声，从画框上取下绿披巾，向他走去。因为她知道他想要保护她。

12

她把绿披巾围在肩头。她挽起他的胳膊。他简直漂亮极了，她说，立刻开始谈起花匠肯尼迪；他长得这么英俊，她没法辞退他。温室旁靠着一架梯子，到处沾着小块小块的油灰，他们已经开始修理温室的屋顶了。是的，当她和丈夫散步时，她感到已经找到了那个烦恼的具体根源。他们散着步时她话到嘴边，差点要说“得花五十镑呢”，可是她没有勇气提钱，结果谈起了贾斯珀打鸟的事，他马上就安慰她说男孩子这样是很自然的，相信用不了多久他就会找到更好的消遣方法。她的丈夫是这样明智，这样公正。因此她说道，“是的，所有的孩子都要经过这些阶段的。”并开始考虑起了大花圃里的大丽花，心想明年种些什么花，她问他有没有听见孩子们给查尔斯·坦斯利起的外号。无神论者，他们这样叫他，那个小矮个无神论者。“他可不是个精美的样品。”拉姆齐先生说，“差远了。”拉姆齐夫人说。

觉得让他自行其是也无妨，拉姆齐夫人说着，一面在心里琢磨送球茎去有没有用；他们会种上吗？“哦，他有论文要写。”拉姆齐先生说。这些她全知道，拉姆齐夫人说。他除了论文别的什么也不谈。是关于某人对某事的影响。“唉，他就指望这篇论文啦。”拉姆齐先生说。“上帝保佑他可别爱上了普鲁。”拉姆齐夫人说。要是她和他结婚，他就剥夺她的继承权，拉姆齐先生说。他没有看妻子正在考虑着的花，而是把目光定在它们上方一英尺左右的地方。他没有什么恶意，他补充道，刚想说无论如何他是英格兰年轻人中唯一一个崇拜他的——却又把话咽了回去。他不愿再拿自己的书来烦扰她了。这些花好像很值得称赞，拉姆齐先生说，他目光向下，注意到了有些红色和棕色的东西。是的，这些是她亲手种的，拉姆齐夫人说。问题是，如果她送去球茎会怎么样？肯尼迪会把它们种上吗？他真是懒得没治了。她补充道，一面继续往前走。如果她整天拿把铁锹站在他旁边看着他，他有时候倒也干上一两下。他们就这样慢慢朝开花的芦苇走去。“你在教你的女儿们夸大其辞。”拉姆齐先生责备她道。她的卡米拉姨妈在这一点上比她还要厉害，拉姆齐夫人说。“就我所知，谁也没有把你的卡米拉姨妈看作道德的楷模。”拉姆齐先生说。“她是我见过的最漂亮的女人。”拉姆齐夫人说。“另外一个人才是最漂亮的呢。”拉姆齐先生说。普鲁将会比她漂亮得多，拉姆齐夫人说。他可没有看出什么迹象来，拉姆齐先生说。“那你今晚就看看吧。”拉姆齐夫人说。他们停了下来。他希望能劝说安德鲁更用功点。不然他会失去任何获得奖学金的机会。“啊，奖学金！”她说。拉姆齐先生觉得对于像奖学金这样严肃的事她这么个说法很愚蠢。要是安德鲁拿到奖学金，他会为他感到非常骄傲，他说。要是他拿不到她也同样为他感到骄傲，她回答说。在这件事上他们的意见一向有分歧，不过这没有关系。她喜欢他相信奖学金，而他喜欢她为安德鲁感到骄傲，无论他做了什么。突然她想起了悬崖壁上的小路。

不是已经很晚了吧？她问道。他们还没有回来呢。他漫不经心地打开怀表盖。可是刚刚才过七点。他把打开了盖的表在手里拿了一会儿，决定把他在平台上的感受告诉她。首先，这样紧张是没有道理的。安德鲁能够照顾他自己。然后，他想告诉她，刚才他在平台上散步时——他感到有点不自在，好像他闯进了她那份孤独，那份超然，那份冷淡……但她追问他。他想告诉她什么来着，她问，心想是关于去灯塔的事；他为说了“真该死”而感到遗憾。但是，不是的。他不愿意看到她样子这样悲哀，他说。只不过在瞎想，她申明道，脸微微红了。他们两人都感到不自在，好像不知道是继续往前走还是回去。她刚才给詹姆斯念童话故事来着，她说。不，在这方面他们无法交流；他们无法谈论此事。

他们已经来到了那两丛开花的芦苇之间的间隙处，灯塔在望，但她却不让自己去看它。如果她知道他刚才在看她，她想，她就不会让自己坐在那里沉思了。她不喜欢任何使她想起她坐在那里遐想被人看见的事。于是她回过头去看小镇。灯火流光溢彩，仿佛是被风牢牢托起的银色水珠。一切贫穷、一切痛苦，都变成了那片灯光，拉姆齐夫人想道。小镇、港口和船上的灯光仿佛是悬浮在那儿的一张无形的网，标志着某种沉没的事物。好吧，如果他不能分享她的想法，拉姆齐先生对自己说，那么他就想自己的心思吧。他想继续刚才的思路，对自己讲休谟如何陷进泥沼的故事；他很想大笑。但首先他要说，为安德鲁担心是毫无意义的。他像安德鲁这个年纪的时候，总是整天在乡间满处乱走，除了口袋里的一块饼干之外什么也不带，从来没人为他操心，或以为他跌下了悬崖。他大声说出来的是，如果天气没有变化，他想出去徒步活动一天。班克斯和卡迈克尔已经让他受够了。他想独自清静一天。好吧，她说。她没有反对，这让他很不高兴。她知道他是不会这样做的。他现在不是口袋里装块饼干就出去走上一天的年龄了。她担心的是儿子们，不是他。多年以前，那时他还没有结婚，他们站在开花的芦苇丛之间，他遥望着海湾的对岸，心里想，他曾经徒步行走了一整天。他曾在一家小酒店以面包和奶酪充饥。他曾经一连工作十个小时；只有一个老太婆时不时进来照看一下火炉。那就是他最喜欢的乡间，在那边；那些逐渐消隐在黑暗之中的沙丘。你可以走上一整天一个人都碰不上。一连多少英里几乎没有一所房子，没有一个村庄。你可以独自冥思苦想。那里有从盘古以来就渺无人迹的小片沙滩。海豹竖起身子朝着你看。有时候他似乎感到，在那儿的一所小房子里，独自一人——他中断了思路，叹了一口气。他没有这份权利。八个孩子的父亲——他提醒自己。如果他希望有丝毫的改变，他就猪狗不如了。安德鲁会比他强。普鲁会出落成一个美人，她的母亲是这样说的。他们会稍微阻挡一下那股洪流。总的说来那是不错的成就——他的八个孩子。他们的存在表明他并没有把这可怜的小小的宇宙彻底诅咒得一钱不值，因为在这样一个黄昏，他想道，看着陆地渐渐消失，这个小岛一半已被大海吞没，显得小得可怜。

“可怜的小地方。”他叹了口气，喃喃自语道。

她听见了他的话。他总说些顶伤感的话，但是她注意到，他一说出口，就总是显得比平常要快活些。所有这些玩弄辞藻不过是个游戏，她心想，因为如果她说出了他说过的话的一半，她早就给自己脑袋一枪了。

这种玩弄辞藻使她生气，于是她不带感情地对他说，这是一个极其美丽的黄昏。他在抱怨些什么，她半带笑半埋怨地问道，因为她猜得出他在想些什么——要是他没有结婚，会写出更好的作品来。

他并没有在抱怨，他说。她知道他没有抱怨。她知道他根本没有什么可抱怨的。他一把抓起她的手，举到唇边怀着激情吻着，这使她热泪盈眶，他很快放开了她的手。

他们转身背对着风景，开始挽臂走上长着银绿色矛形植物的小径。他的手臂几乎和年轻人的一样，拉姆齐夫人想道，又瘦又结实，她高兴地想到尽管他已经年过六十，却仍旧那么健壮，那么奔放乐观；而且，像他这样，确信世上有着各种可怕事物，但却似乎不仅没有沮丧反而感到振奋，这是多么奇怪呀。这难道不奇怪吗？她寻思道。确实，有时候她似乎觉得他天生就和别人不一样，对平常的事物生来看不见，听不见，不表态；可是对于不平常的事物，目光却如鹰一般犀利。他的理解力常常使她吃惊。可是他注意到花了吗？没有。他注意到景色了吗？没有。甚至，他注意到了自己女儿的美貌，或他盘子里放的是布丁还是烤牛肉了吗？他会像个正在做梦的人那样和他们一起坐在餐桌旁。恐怕他大声自言自语或出声吟诗的习惯是越来越厉害了；有的时候实在是很尴尬——

最美好最光明的，离去吧！

可怜的吉丁斯小姐，当他对着她高喊出这句诗的时候，她差点吓个半死。不过，尽管拉姆齐夫人立刻站在他一边反对世上所有的愚蠢的吉丁斯们，但是，她想，一面轻轻捏了捏他的胳膊以表示上山的时候他走得太快了，她要停一会儿看看边坡上这些是不是新的鼹鼠窝丘；她俯身查看时心里想道，像他这样有才智的人肯定在各方面都和我们不同。她认识的伟大人物都是这样的，她想，心里断定一定有只兔子钻到窝丘去过了，而年轻人只要听他谈论，只要看看他，就会受益（虽然对她说来讲堂的气氛沉闷压抑，几乎无法忍受）。可要是不射杀兔子，又怎么能控制它们的数目呢？她心里琢磨。可能是只兔子；可能是只鼹鼠。反正是个什么动物在破坏她的樱草花。她抬起头，在稀疏的树梢上方她看见了一颗明亮的星星的第一下悸动，她想让丈夫也来看；因为这景象给了她强烈的喜悦。但是她控制住自己。他从来不看景物。即使看了，也只是叹上他的一口气，说，可怜的小小世界。

正在那时他说道，“很好看。”为的是讨好她，一面装着欣赏花。但是她很清楚他并不欣赏它们，甚至没有意识到它们在他面前。他只是为了讨好她……啊，那不是莉莉·布里斯柯和威廉·班克斯在一起散步吗？她把近视眼紧盯在那对往远处走去的背影上。是的，就是他们。这难道不是意味着他们会结婚吗？是的，肯定是这样。一个妙不可言的主意！他们非得结婚不可！

13

他去过阿姆斯特丹，班克斯先生和莉莉·布里斯柯散着步穿过草坪时说道。他看过伦勃朗[1]的画。他去过马德里。遗憾的是，那天是耶稣受难日，普拉多博物馆不开放。他去过罗马。布里斯柯小姐从来没有去过罗马吗？啊，她真该去——这对她会是一次奇妙的经历——西斯廷教堂；米开朗琪罗[2]；还有保存着乔托[3]的画的帕多瓦市。他妻子多年来一直身体不好，因此他们的游览都是比较节制的。

她去过布鲁塞尔；她去过巴黎，但那只是一次仓促短暂的停留，是去看生病的姑妈的。她去过德累斯顿；有许许多多的画她还没有看到过；不过，莉莉·布里斯柯心里想，也许不看更好：看了

---

1 伦勃朗（1606—1669），荷兰画家，欧洲艺术巨匠之一。

2 米开朗琪罗（1475—1564），佛罗伦萨画家、雕塑家、诗人，文艺复兴时代巨人之一。

3 乔托（1267—1337），佛罗伦萨画家，被认为是西方现代绘画艺术的创始人之一。

只能使你对自己的作品感到不满绝望。班克斯先生认为这种想法可不能过了头。我们不可能人人都成为提香[1]，也不可能人人都成为达尔文，他说；同时他也怀疑，如果没有像我们这样的芸芸众生，会不会有你的达尔文和提香。莉莉很想恭维他几句；你不是芸芸众生，班克斯先生，她很想这样说。但是他不要别人恭维（大多数男人都要的，她想），她对自己的冲动觉得有点不好意思，就没有开口，他却在说也许他刚才的话并不适用于绘画。无论如何，莉莉扔开了刚才不很诚恳的想法，说道，她会继续画下去的，因为她对绘画感兴趣。是的，班克斯先生说，他相信她会的。他们来到了草坪的尽头，他问她在伦敦找绘画的题材有没有困难，这时他们转过身来，看见了拉姆齐夫妇。这么说，这就是婚姻，莉莉心想，一个男人和一个女人看着一个女孩子扔球。这就是那天晚上拉姆齐夫人想给我说的，她想道。拉姆齐夫人围着一条绿披巾，他们紧挨着站在一起看普鲁和贾斯珀扔接球。突然，没有任何原因，他们悟到了其意义，就像人们正走出地铁或按响门铃时会突然感到的那样，使这对夫妇具有了象征性，具有了代表性，使得站在暮色之中观看的他们成了婚姻的象征，丈夫和妻子。然而，瞬间以后，超越了真实形象的象征性外形消失了，重新变成了他们相遇时的看着孩子们扔接

1　提香（1490—1576），威尼斯画家。

球的拉姆齐先生和夫人。但是仍有片刻时间，尽管拉姆齐夫人带着惯常的笑容和他们打招呼（啊，她在想我们要结婚了，莉莉想），并说，“今晚我胜利了。”意思是说这回班克斯先生可算答应和他们一起吃晚饭，而不是跑回自己的住处去，他的用人蔬菜做得很地道；尽管如此，仍有片刻时间，当球被抛入高空，他们的目光跟着它直到球消失，他们看见了那颗唯一的星星和悬垂的树枝，莉莉产生了一种事物在分崩离析的感觉，一种距离感，一种不可靠感。在越来越浓的暮色中，他们都显得棱角分明，缥缈，相互间隔着很大的距离。这时，普鲁突然从广阔的空间里冲了回来，全速跑到他们身边用左手漂亮地高高地接住了球。她的母亲说道，“他们还没有回来吗？”于是使人入魔的境界被打破了。拉姆齐先生感到又可以毫无顾忌地放声大笑，笑陷在泥沼里的休谟，以及一个要他念完主祷文才肯救他的老太婆；他轻声暗笑着慢慢向书房走去。拉姆齐夫人把从家庭生活的阵线中逃开去玩扔接球的普鲁叫了回来，问她，

“南希跟他们一起去了吗？”

14

无疑南希是和他们一起去了，因为午饭后南希正要赶快离开，回到她的阁楼上去好逃避可怕的家庭生活时，明塔·多伊尔伸出了手，默默地用眼神请求南希一起去。她觉得她非去不可了。她并不想去。她不想给拉进这件事情去。当他们沿着小路向悬崖走去时，明塔一直拉着她的手。后来她放开了。然后又拉上了。她想要的是什么？南希问自己道。当然人总是想要些什么；因为当明塔拉着她的手不放时，南希就会很不情愿地看到整个世界在她下面展开，宛如在薄雾中看到的君士坦丁堡，这时，不论你眼皮多么发沉，你也必须问，“那就是圣索非亚吗？”“那就是金角湾吗？”因此当明塔拉起她的手时，南希自问道，“她想要的是什么？是那个吗？而那个又是什么？”这里或那里（当南希看着展现在她脚下的生活时）透过薄雾浮现出了一个塔尖，一个圆屋顶；一些没有名字的、显著的东西。但是当明塔在跑下山坡时放开她的手后，所有这一切，圆屋顶、塔尖，以及不论什么突出于雾中的东西，都沉没在了雾海之中，不见了踪影。

明塔，安德鲁注意到，很能走路。她穿的衣服也比大多数女人的实用。她穿了一条短裙和黑颜色的灯笼裤。她会一下子就往小溪里一跳，踉踉跄跄地涉水到对岸。他喜欢她的莽撞劲儿，但他知道这样不行——总有一天她会愚蠢地送了命的。她似乎什么也不怕——除了公牛以外。在地里只要一看见公牛她就会举起两只胳膊尖叫着飞跑，自然这恰恰会激怒公牛。但是她一点也不在乎承认这个事实，这一点你也得承认。她知道在公牛面前自己是个可怕的胆小鬼，她说。她猜她一定是在婴儿时期在摇篮里时被公牛甩过。她似乎毫不在乎自己说了什么和做了什么。这时她突然一头冲到悬崖边上，开始唱起歌来：

你该死的眼睛，你该死的眼睛。

他们只得都参加进来唱合唱部分，一起扯着嗓子喊：

你该死的眼睛，你该死的眼睛。

可是如果还没等他们到达海滩潮水就涨上来淹没掉了所有捉蟹

的好地方，那就糟糕透了。

“糟糕透了。”保罗跳起身来，同意道。当他们连滑带溜地向下走去时，他不断引用导游书上的话，“这些岛屿由于其公园般的美景和丰富多样的海珍品而受到应得的称赞”。但是这样做可不行，这样大声叫喊着你该死的眼睛，安德鲁一面小心翼翼地走下悬崖，一面在想，这样拍拍他的背，管他叫“老伙计”之类的事，这样做可真是不行。带女人散步这样做是最糟的。一到海滩他们就散开了，他脱掉鞋袜，把袜子卷起来塞在鞋里，涉水去到鸡屁股岩上，让那一对自便去吧；南希涉水去到她自己的岩石上寻找她自己的小水潭，也让那一对自便去了。她低低地蹲下身子，摸着滑溜溜的橡皮样的海葵，它们像一块块果冻紧贴在岩石壁上。她默默沉思，把小水潭想象成了大海，把各种小鱼想象成了鲨鱼和鲸鱼，用手挡住太阳，给这片小小的世界投下了团团乌云，像上帝一样，给千百万无知而无辜的生灵带去了黑暗和荒凄。然后她突然把手拿开，让阳光直泻而下。在那片灰白的、生灵交叉往来的沙地上，某个大海怪昂首阔步走来，带着缘缨和金属臂铠（她仍在继续扩大她那水潭），跌进了山边上的大裂沟中。这时她让自己的目光悄悄滑到水潭上方，停留在波动着的水天相接处、停留在轮船的烟雾中，在地平线上轻轻摇动的树干上，她成了大自然的神力的一部分，汹涌而来，又必然注定地退去，完全被迷住了；那一个的浩瀚和这一个的微小（水潭又变小了），这两种感觉强烈地出现其中，使她感到自己剧烈的感情把她的身体、她的生命、世上所有人的生命都变得永远微不足道，感到自己被捆住了手脚，欲动不能。她就这样蹲在水潭边，听着大海的涛声，默然沉思。

这时，安德鲁大喊涨潮了，于是她奔跳着水花四溅地涉过浅浅的海水回到岸上，跑上沙滩，出于鲁莽和快速活动的愿望，她一头冲到一块岩石后面，哎呀天哪！保罗和明塔正在那儿拥抱！说不定还在接吻。她感到受到了侮辱，极其气愤。她和安德鲁一声不响、对此事一言不发，穿上了鞋袜。实际上，他们彼此还赌着气。她看见小龙虾还是什么东西的时候该叫他一声的，安德鲁咕哝道。不过他们俩都觉得这不是他们的过错。他们并没有希望会发生这种可怕的讨厌事情。但是不管怎样，南希竟然是个女的，这使安德鲁很不痛快，而安德鲁竟然是个男的，这使南希很不痛快。他们把鞋带系得很整齐，蝴蝶结打得很紧。

直到他们爬回到悬崖顶上以后明塔才大叫，说她把奶奶给她的胸针给丢了——是她奶奶的胸针呀，她拥有的唯一的一件饰物——是用珍珠镶成的一棵垂柳（他们肯定记得的）。他们肯定看见过，她说，眼泪顺着脸直往下流，她奶奶用这只胸针来别住帽子，一直用到去世的那天。现在她给弄丢了。她宁可弄丢任何别的东西也不愿丢了这枚胸针！她得回去找。他们都一起回头去找。他们东翻西戳，眼睛四处搜寻。他们一直把头垂得低低的，生气地咕哝着。保罗·雷勒像疯子似的在他们坐过的那块岩石四周到处寻找。当保罗叫安德鲁“好好把这儿到那儿给搜一下”时，安德鲁心想，这样乱哄哄地找一个胸针根本不行。潮水涨得很快。海水马上就会淹没他们刚才坐过的地方。想现在找到胸针是没有任何希望的。“潮水要切断我们的路了！”明塔突然感到非常害怕，尖声叫了起来。好像会有这种危险似的！又和公牛的情况一样——她丝毫也控制不住自己的情绪，安德鲁想。女人就是这样。可怜的保罗不得不去安慰她。男人们（安德鲁和保罗立刻变得男子汉一般，和平时不一样了）一起商量了一下，决定把雷勒的手杖插在他们俩坐过的地方，等退潮后再回来找。现在也只能这样了。如果胸针在那里，那么明天早上也仍旧会在那里，他们让她放心，但是明塔还是一路抽抽搭搭地哭着爬上了崖顶。那是她奶奶的胸针；她宁可弄丢任何别的东西也不愿丢了这枚胸针，然而南希却觉得，尽管她确实为丢了胸针而难过，但她也不光是为了这个在哭。她的哭还有别的原因。她觉得，我们都可以坐下来哭上一场。但是她并不知道为了什么。

保罗和明塔一起走在前面，他安慰她，说他善于找东西是出了名的。他小时候有一次找到了一只金表。他明早天一亮就起来，肯定能找到胸针。在他想象中，那时天还是黑黑的，海滩上只有他自己，可能会挺危险的。但是他还是告诉她，他肯定能找得到，她说她可不想听什么他天一亮就起床；胸针是丢了；她知道；下午她往身上别的时候就有预感。他暗下决心，他不告诉她，但是明天一大早他们都还在熟睡时他就偷偷溜出去，如果找不到胸针，他就去爱丁堡给她买一枚和那个一样但更漂亮的胸针。他将要证明他的本事。当他们来到山顶时看见了山下小镇的灯光，灯光突然这样一个接一个地亮了起来，似乎就像他生活中将要发生的事情——他的婚姻，儿女，房子；当他们来到在高大的灌木丛阴影下的大路上时，他又想道，他们将一起过退隐的生活，他将领着她、她会紧紧依偎着他（就像现在这样）永远向前走去。他们在十字路口转弯时他心里在想，他已经有了多么令人震惊的经历，他必须要告诉什么人——当然是拉姆齐夫人了，因为一想到他刚才所做的事情就使他惊讶万分。当他向明塔求婚的时候无疑是他一生中最紧张的时刻。他要直接到拉姆齐夫人那儿去，因为他总觉得是她使他这样做的。是她使他觉得没有自己不能做的事。别人谁也不把他当回事。但是她使他相信，他想做的事都能做成。今天一整天他都感到她的目光在看着他，在追随着他，似乎在说（尽管她一个字也没有说过），“是的，你能做到。我相信你。我对你寄予希望。”她使他感到了这一切，他一回去（他寻找着海湾上方那所宅子的灯光）就到她那儿去对她说，“我办成了，拉姆齐夫人；多亏你了。”他们转上了通向宅子的小路，他看见楼上的窗子里移动着的灯光。这样看来他们一定回来得太晚了。大家都在准备吃晚饭了。宅子里灯火通明，从黑暗中出来，这使他的眼睛感到充溢着强光，他沿车道走近宅子时孩子气地自言自语道，灯光，灯光，灯光；并且在走进屋子以后，神情呆板地望着四周，茫然地重复着灯光，灯光，灯光。可是，天哪，他用手摸摸领带对自己说，我可别出洋相。

15

“去了，”普鲁想了想，回答母亲的问题，“我想南希是和他们一起去了。”

16

如此说来，南希和他们一起去了，拉姆齐夫人想道。她放下发刷，拿起梳子，听见敲门声，说“进来”（贾斯珀和萝丝走了进来），一面心里在琢磨，究竟南希和他们在一起会使出事的可能性更大些还是更小些；不知为什么，拉姆齐夫人觉得可能性会更小些，她这样想没有什么道理，只是认为如此规模的惨案毕竟不太可能，他们不可能全都淹死。她又一次感到自己在老对手——生活——面前是多么孤立无助。

贾斯珀和萝丝说，米尔德里得想知道是不是等一会儿再开晚饭。

“就是英国女王也不等。”拉姆齐夫人断然说道。

“就是墨西哥女皇也不等。”她补充道，一面对贾斯珀笑了起来，因为他有他妈妈一样的坏毛病：他也爱夸大其词。

她说，贾斯珀去带口信的时候，如果萝丝愿意，可以挑选她今晚戴的首饰。有十五个人一起吃饭的时候，你不可能等个没完。她现在开始对他们这么晚还不回来感到生气了；他们太不替别人着想了，除了为他们担心之外，她对他们竟然选择今晚迟迟不归而生气，事实上她希望这顿饭特别愉快，因为威廉·班克斯先生终于同意和他们一起吃饭了；而且今晚有米尔德里得的拿手好菜——法式焖牛肉。一切都取决于做好后马上就能上菜。牛肉、月桂叶、葡萄酒——一切必须烹调得恰到好处。做好了等着是不可能的。但是当然偏偏在今晚他们非得出去，非得晚回来，饭菜不得不撤回去，不得不保持别冷掉；法式焖牛肉就全给糟蹋了。

贾斯珀给她挑了一条蛋白石项链；给萝丝挑的是金项链。配她的黑色礼服，哪一条更好看？究竟哪条好看？拉姆齐夫人看着镜子里自己的脖子和肩膀（但避免看脸部），心不在焉地说。孩子们在乱翻她的首饰的时候，她看着窗外那总是让她感到十分有趣的景象——那些白嘴鸦盘旋着想决定往哪棵树上落。每一次它们都似乎改变主意，重又飞向天空，她想，这是因为那只老白嘴鸦，她叫它老约瑟夫的那只鸦爸爸，是只脾气刁钻古怪的鸟。它是只很不体面的老鸟，翅膀上的毛掉了一半。像她看见过的那个在一家酒吧前吹喇叭的戴顶大礼帽的破落老绅士。

“看呀！”她笑着说。它们还真在打架。约瑟夫和玛丽打起来了。反正它们又全都飞上天去了，它们的黑色翅膀推开空气，把空气切成优美的镰钩形。那翅膀扑扇、扑扇、扑扇的动作——她永远也无法准确地形容得令自己满意——对她来说是最最可爱的。你看那个，她对萝丝说，希望萝丝能看得比自己清楚些。因为你的儿女常常会把你的感受往前推进一小点。

但是该戴哪一条项链呢？他们把她首饰盒中的每一格全都打开了。是那条意大利金项链，还是詹姆斯叔叔从印度给她带来的蛋白石项链，还是戴她那条紫水晶的？

“挑呀，最亲爱的，挑呀。”她说，希望他们快点挑。

但是她由着他们慢慢挑：特别是尽着萝丝一会儿拿起这条，一会儿拿起那条，把首饰放在黑礼服前比试，因为她知道，每晚这小小的挑选首饰的仪典是萝丝最喜欢的。萝丝如此重视为母亲挑选要戴的首饰，有她自己秘密的原因。是什么原因呢，拉姆齐夫人一动不动地站在那里，让萝丝把选中的项链给她戴上，一面心里在想；她从自己的过去中推测，像萝丝这样年龄的女孩对母亲所怀有的某种深刻的、某种埋藏在心底的、难以用言语表达的感情。就像一切别人对自己的感情一样，拉姆齐夫人心里想，它使人黯然神伤。你能够给这种感情以回报的真是太少了；而萝丝对她的感情和拉姆齐夫人的实际情况相比也太不相称了。萝丝会长大成人；带着这样深刻的感情，她认为，萝丝也将会感到痛苦；这时她说她已经准备停当，他们可以下楼去了，贾斯珀，因为他是位绅士，应该伸出手臂来让她挽着，而萝丝既然是位小姐，应该给她拿手绢（她把手绢给了她），还有什么？啊，对了，可能会冷：带上披巾吧。给我挑一条披巾，她说，因为这会让萝丝高兴的，这个孩子将来注定会痛苦的。“看那儿，”她在楼梯口的窗前停下脚步说，“它们又回来了。”约瑟夫落在了另一个树梢上。“你不认为，”她对贾斯珀说，“它们不愿意翅膀被打断吗？”他为什么要用枪去打可怜的老约瑟夫和玛丽？他在楼梯上挪动着两只脚，觉得受到了责备，但是不算严厉，她不懂打鸟的乐趣；不知道它们没有感觉；作为他的母亲她生活在世界的另一个区域里，但他挺喜欢她讲的玛丽和约瑟夫的故事。她能使他大笑。可她怎么知道这两只鸟就是玛丽和约瑟夫呢？难道她认为每晚都是同样的鸟飞到同样的树上来吗？他问。但是这时像所有的大人一样，她突然不再注意到他。她正倾听着从门厅里传来的喧嚷声。

“他们回来了！”她大声说道，顷刻之间对他们的气恼超过了感到的宽慰。然后她又想，这发生过吗？她可以走下去，而他们会告诉他——但是不。当着这么多人他们什么也不会告诉她的。因此她必须下楼去先开始晚餐，并耐心等待。像一个看到臣民聚集在大厅里的女王，她俯视着他们，然后走到他们之中，默默地对他们的赞美表示致意，接受他们对她的忠诚和膜拜（保罗在她经过时一动也不动；只是直视着前方），她走下楼来，穿过门厅，微微点了点头，仿佛在接受他们未能说出的话：对她美貌的赞美。

但她停住了脚步。有一股焦煳的气味。他们会让法式焖牛肉煮溢了锅吗？她在想。天哪，可千万别！当铜铃响亮的叮当声庄严地、权威地宣布，所有分散在各处的人，无论在阁楼上、卧室中、自己的小角落里，也无论是在看书、写字，最后整理一下头发或扣上衣衫，都必须放下一切，把小零碎放在盥洗台和梳妆台上，把小说放在床头柜上，收起保密的日记，统统集中到餐厅里来吃晚饭。

17

但是我是如何度过我的一生的？拉姆齐夫人心里在想，一面在餐桌一端主妇的位子上落座，看着在桌子上一个个盘子形成的白圆圈。“威廉，坐在我旁边，”她说，“莉莉，”她疲倦地说，“坐在那边。”他们有那一切——保罗·雷勒和明塔·多伊尔——她，只有这个——一张长得没有头的桌子和盘子刀子。在桌子的另一端是她的丈夫，皱着眉头缩紧身体坐在那里。对什么皱眉？她不知道。她也不在乎。她无法理解她怎么会对他有过任何感情或爱恋。她盛着汤，产生了一种越过了一切、经历了一切、摆脱了一切的感觉，就仿佛有一个旋涡——就在那里——你可以置身其中，或超越其上，而她是超越其上。一切都结束了，她想，这时他们陆续地走了进来，查尔斯·坦斯利——“请坐在那边。”她说道——奥古斯塔斯·卡迈克尔——并且坐了下来。同时她消极地等待有着什么人回答她的话，等待着有什么事情发生。但是，她一面盛汤一面想，人是不会去讲这种事情的。

想到两者间的脱节她扬起了眉毛——她想的是那个，干的是这个——往外舀汤——她越来越强烈地感到自己在那旋涡之外；或者说，仿佛一片阴影笼罩，一切失去了色彩，她看到了事物的真实面貌。房间（她环顾四周）很寒酸。没有任何地方是美的。她克制着不去看坦斯利先生。似乎什么也没有融合在一起。他们都各自坐着。全得靠她来做出一切使气氛融洽、引起话题、自由交流的努力。她再一次感到男人的枯燥无能，这是不带任何敌意的事实，因为如果她不这样做就没有人会去做，于是，她像人们去轻轻晃一下一只停摆了的表那样，让自己轻轻一晃，那熟悉的脉搏又开始跳动了，就像表又响起了滴答声——一、二、三，一、二、三。她就这样往复循环，倾听着，保护着，照料着这仍很微弱的搏动，就像人们用报纸护住一个微弱的火苗。这时，她向威廉·班克斯弯过身去，默默地对自己说——可怜的人！既无妻子又无儿女，除了今晚之外总是独自在住所吃饭；在对他的怜悯中，生活重又变得有足够的力量支持她前进，她开始尽女主人的职责，就像一个带着几分厌倦的水手看到风鼓起了他的船帆，然而并不愿意再度起航，却在想如果船沉了，他便会旋转着下降，在海底找到安息。

“你看到你的信了吗？我让他们给你放在门厅里了。”她对威廉·班克斯说。

莉莉·布里斯柯看着她不知不觉地进入了那片陌生的真空地带，要想追随别人进入其中是不可能的，然而却使看着他们进入其中的人感到心寒，因此他们至少总要试图用眼睛追随他们，就像人们目送一只远去的船，直到船帆消失在地平线下为止。

她看上去是多么苍老，多么倦怠，莉莉想道，又是多么疏远。然而当她微笑着转向威廉·班克斯时，仿佛船转了个弯，阳光又照到了船帆上，莉莉放下心来，觉得挺有趣地想，她为什么要同情他？因为当她对他说他的信在门厅里的时候，她给人的就是这种感觉。她好像是在说，可怜的威廉·班克斯，仿佛她自身的倦怠部分是出自于对别人的怜悯，而她内在的生命力，她重新生活的决心都是被怜悯所激起的。这不是真的，莉莉心想；这是拉姆齐夫人的错误判断之一，是出于本能、出于她个人而不是别人的某种需要而做出的判断。他根本一点也不可怜。他有他的工作，莉莉对自己说。她像发现了珍宝一样突然想自己也有工作。她眼前闪过了她的那幅画，心里想道，对，我要把树往中间移一点，那样就能避免出现那片别扭的空白。就这么画。这就是一直让我大伤脑筋的问题。她拿起盐瓶，把它放在桌布图案里的一朵花上，以提醒自己把树挪挪地方。

“真怪，人很少从邮件里收到什么有价值的东西，却总希望有信。”班克斯先生说。

他们说的全是些该死的废话，查尔斯·坦斯利心想，一面把勺子放在了已被他一扫而光的汤盘的正当中，莉莉在想（他坐在她的对面，背对着窗，在视域的正当中），他好像决心要把每顿饭都实实在在吃到嘴。他身上的一切都是那么贫乏、一成不变，那么赤裸裸地讨人嫌。但尽管如此，事实仍然是，如果你看着一个人，就几乎不可能讨厌他。她喜欢他的眼睛；这是一双蓝颜色的、深陷进去的、令人生畏的眼睛。

“你信写得多吗，坦斯利先生？”拉姆齐夫人问道，莉莉猜想，她也在可怜他；因为拉姆齐夫人确实就是这样——她总是可怜男人，好像他们——缺乏什么东西——从来不可怜女人，仿佛她们拥有什么东西。他给母亲写信；不然他想一个月连一封信也写不了，坦斯利先生简短地说。

因为他不想说这些人指望他说的那套废话。他才不会让这些无聊的女人拿一副恩赐的态度来对待他呢。他一直在自己的房间里看书，现在下得楼来，觉得一切都很无聊、浅薄、轻浮。他们干吗要穿上夜礼服来吃饭？他就穿着平时的衣服下来了。他没有什么礼服。“人们从来不能从邮件里收到什么有价值的东西”——这就是他们老是在说的那类话。他们使男人说这一类的话。不错，差不多就是这样，他心里想。他们一年到头从来得不到什么有价值的东西。他们除了聊、聊、聊、吃、吃、吃，什么别的事也不干。都是女人的错。女人以她们的“魅力”、她们的愚蠢，使文明变得难以忍受。

“明天去不成灯塔了，拉姆齐夫人。”他表明自己的看法道。他喜欢她，他钦佩她；他仍在想着那个修排水管的工人抬头看她的情景；但是他感到有必要表明自己。他可真是她遇见过的最没有魅力的男人，莉莉·布里斯柯想，虽然他的一双眼睛很好，但是看看他的鼻子，看看他的手。那么她为什么对他说的话很在意呢？女人不会写、女人不会画——由他的嘴里说出来，这些话有什么要紧呢，既然他显然不这么认为，而是为了某种对他有用的理由才这样说的？为什么她整个的人像风中的玉米秆般弯成弓形，只有做出了巨大而痛苦的努力才从这种卑下的状态中重新挺起身来？她必须再来一次。那儿是桌布图案上的一个小树枝；那儿是我的画；我必须把树挪到中间去；这很重要——其他的没关系。她难道不能紧抓住那一点，不发火，不争论吗？她问自己；如果她需要小小报复一番，不是可以用嘲笑他的办法吗？

“啊，坦斯利先生，”她说，“请带我和你一起去灯塔吧。我太想去了。”

他看得出来她在撒谎。她出于某种原因，说了些不是她本意的话，为了惹他生气。她在嘲笑他。他穿的是一条旧法兰绒裤子。他没有别的裤子。他感到自己太简陋、孤单、寂寞。他知道她为了某种原因在企图作弄他；她并不想和他一起到灯塔去；她鄙视他：普鲁·拉姆齐也鄙视他；他们都鄙视他。但是他可不想被女人愚弄，因此他故意在椅子里转过身去，看着窗外，立刻非常粗暴地说道，明天浪会很大。她会晕船的。

有拉姆齐夫人在一边听着，莉莉竟然迫使他这样来说话，他感到很生气。要是他能独自在自己的房间里埋头于书本之中，他想，那该有多好。那里才是他感到自由自在的地方。他从来没有欠过别人一分钱的债；从十五岁以后就没有再花过父亲一分钱；他从自己的积蓄里拿出钱来帮助家里；他支付妹妹的学费。可是他仍然希望他刚才能知道应如何恰如其分地回答布里斯柯小姐；他希望没有像那样突如其来地说出“你会晕船的”。他希望能想出什么话来对拉姆齐夫人说说，以表示他并不只是一个干巴巴的书呆子。他们都认为他就是那样的一个人。他向她转过身去。但是拉姆齐夫人正在和威廉·班克斯谈着他从来没有听说过的一些人。

“是的，撤下去吧。”她打断和班克斯先生的谈话，对女仆简短地吩咐道。“我肯定有十五——不对，是二十年——没有见到过她了。”她向他转回身去说道，好像一刻也不愿耽误他们之间的谈话，因为她全神贯注在自己的话上。这么说来他今天晚上真收到了她的信！卡丽是不是仍旧住在马洛，一切是不是还是老样子？啊，一切她都记得清清楚楚，仿佛就在昨天——到河上去划船，觉得冷得要命。可是曼宁家的人一旦计划好了，就会照办不误。她永远也不会忘记赫伯特用一把茶匙在河岸上打死了一只黄蜂！他们的生活仍一如既往，拉姆齐夫人陷入了沉思，二十年前她冷飕飕地如幽灵般悄悄穿行在泰晤士河畔那间客厅的桌椅间；而现在她如幽灵般去到他们之中；这简直令她着迷，仿佛尽管她已经发生了变化，而这么多年来那一天却一直停留在那里，并且变得平静而美丽。是卡丽亲自给他写的信吗？她问道。

“是的，她说他们在建一个新的弹子房。”他说。不！不！这根本不可能！建一个弹子房！她觉得这简直是不可能的事。

班克斯先生看不出来这有什么奇怪之处。他们现在很富裕了。他要替她问候卡丽吗？

“啊，”拉姆齐夫人微微一惊，说道，“不用了。”她接着说，想起她根本不认识这个建造新弹子房的卡丽。但是多奇怪啊，她重复道，他们竟然还在那儿生活，这使班克斯先生听了觉得挺有趣。真太有意思了，想想他们能够一直在那里住了这么多年，而她居然几乎没有想起过他们。她自己的生活在此期间却是如此丰富多变。也许卡丽·曼宁也并没有想起过她。这个念头很陌生，令人不快。

“人们很快就会慢慢疏远开来的。”班克斯先生说，他想到自己毕竟既认识曼宁一家又认识拉姆齐一家，感到几分满足。他并没有疏远开来，他心想，一面放下汤匙。极小心地擦了擦胡子刮得很干净的嘴唇。不过在这方面他可能与众不同，他想，他从不让自己习惯于老一套的生活。他在各种圈子里都有朋友……拉姆齐夫人这时不得不打断谈话，吩咐女仆要保持菜是热的。这就是为什么他喜欢一个人独自吃饭，所有这些干扰都使他不快。哎，威廉·班克斯想，这就是朋友要求你做出的牺牲。他保持着彬彬有礼的举止，只是把左手手指展开放在桌布上，像个技工在空闲的片刻审视一件擦得锃亮待用的工具一样。如果他拒绝来，会伤害她的自尊心。可是对他来说这很不值得。他看着手，心里想，如果只有他一个人，晚饭现在都快该吃完了；他就可以有时间去工作了。是的，他想，这真是对时间的可怕浪费。孩子们还在陆陆续续地往里走。“我希望你们哪个跑上楼到罗杰的房间去一趟。”拉姆齐夫人说。这一切，他心想，比起另一件事——工作——来是多么琐碎，多么令人厌烦。他坐在这里，手指敲着桌布，而其实他本可以——他在脑子里很快概观了一下他的工作。毫无疑问这真是对时间的浪费！然而，他想，她是我最老的朋友之一。我也可算是对她一片忠心。但是现在，此时此刻，她的在场对他毫无意义：她的美貌对他毫无意义；她和小儿子坐在窗口——毫无意义，毫无意义。他只是希望自己一个人待着，拿起那本书。他感到很不自在；居然能坐在她身旁而无动于衷，他感到对她是种背叛。事实是，他不喜欢家庭生活。一个人正是在这种情况下会问自己，人为什么活着？他会问自己，人为什么要费尽心机使人类延续下去？这真是那么值得去做的事情吗？作为一个物种，我们真有吸引力吗？并不特别如此，他想，一面看着那些挺不整洁的男孩子们。他最喜欢的一个孩子是卡姆，想来已经上床了。愚蠢的问题，自负的问题，一个忙碌的人是从来不会问这种问题的。人类的生活是这样的吗？人类的生活是那样的吗？从来没有时间去想它。可是现在他却在这里问自己那类的问题，就因为拉姆齐夫人在吩咐仆人，也因为拉姆齐夫人对于卡丽·曼宁居然还活着感到这样吃惊，使他突然意识到友谊，即使是最美好的友谊，也是十分脆弱的。人们逐渐疏远。他又一次责备自己。他就坐在拉姆齐夫人身边，却与她无话可说。

“真对不起。”拉姆齐夫人终于向他转过身来，说道。他感到僵硬而贫乏，就像一双被水泡过后又变干了的靴子，简直没法伸进脚去。然而他必须强行把脚伸进去。他必须强使自己说话。如果他不特别小心，她就会发现他对她的这一背叛；发现他对她毫不在意，这会很不愉快，他想。于是他很有礼貌地把头转向她。

“你一定非常厌恶在这么一个嘈杂的场所进餐吧。”她说，拿出了她的社交姿态和用语，她每感心烦意乱时总是这样。就像在会议上因语言引起冲突时，为了取得一致，主席会建议大家都用法语。也许是很蹩脚的法语；也许这法语里没有能表达讲话人的思想的词汇；然而说法语能建立起某种秩序、获得某种一致。班克斯先生用同样的语言回答她，“不，一点也不。”而坦斯利先生对这种语言一无所知，即使说的是单音节词也不懂，但却立刻怀疑这些话说得不诚恳。拉姆齐这家人确实尽谈些无聊的事，他想；他高兴地抓住这个新鲜的例子，可以大做文章了，他要把它记下来，哪天念给一两个朋友听听。在那里，在可以想说什么就说什么的圈子里，他要用讥讽的语气来形容“住在拉姆齐家”的情况，说说他们都谈些多么无聊的话。他会说，这样做上一次是值得的；但是不值得去干第二次。他会说，那些女人真让人厌烦。当然，拉姆齐娶了个漂亮女人生了八个孩子，把自己给毁了。大约就是这么个形容法。但是现在，此时此刻，坐在一张空椅子旁边动弹不得，脑子里还什么也没有成型，只有一些零星的只言片语。他感到很不舒服，甚至连肉体上都不舒服。他希望有人给他个机会来表现自己。这个愿望是如此强烈，使他坐在椅子里感到烦躁不安，看看这个人，又看看那个人，想插入他们的谈话，嘴巴张开了又闭上。他们在谈论捕渔业。为什么没有人问问他的看法？他们对于捕鱼业知道些什么？

莉莉·布里斯柯了解这一切。她坐在他对面，难道她不会像对着张X片那样，把深藏在这个年轻人肌肉的迷雾中——那是社会习俗盖在他想加入谈话的焦急渴望之上的一层薄雾——那表现自己的渴望看得如肋骨与腿骨般一清二楚吗？但是，她想，一面眯起那双中国式的小眼睛，记起了他如何嘲笑女人，“不能画画，不能写作”，我为什么要替他解脱？

她知道有着一种行为准则，其中第七条（可能是）说，在这种情况下的女人，不论她当时在做什么，有责任去帮助对面的年轻人，使他能够把他如肋骨和腿骨般掩藏起的虚荣心和表现自己的强烈渴望得以实现和缓解；正如，她以老处女式的公正想道，假如地铁中突然起火，他们就有责任来帮助我们。那时，她想，我肯定会指望坦斯利先生把我救出去。可是如果我们双方谁也不去做这样的事，情况会如何呢？她心想。因此她坐在那里笑了起来。

“你没有打算去灯塔吧，莉莉，是吗？”拉姆齐夫人说。“记得可怜的兰利先生吗？他周游世界几十次，但是他对我说，哪次也没有像我丈夫带他到灯塔去的那次那么受罪过。你晕船吗，坦斯利先生？”她问道。

坦斯利先生举起了一把榔头，高高往天上一抡；但在榔头下落时意识到他不能用这样的工具来杀死一只蝴蝶，便仅仅说他从来没有晕过船。但就在这一句话里，就像子弹里的火药般密密实实地塞满了含义：他的祖父是个渔民；他的父亲是个药剂师；他完全靠自己得到了今天的地位；他为此而自豪；他就是查尔斯·坦斯利——在场的似乎没有人意识到这个事实；但总有一天会无人不知无人不晓。他沉着脸怒视着前方。他几乎要可怜这些温和而有教养的人了，总有一天他们会像一捆捆羊毛和一桶桶苹果那样被他体内的火药炸得飞上天去。

“你带我一齐去吗，坦斯利先生？”莉莉很快和善地问道。当然，如果拉姆齐夫人对她说——其实她等于这么说了——“亲爱的，我简直是处于水深火热之中了。你要是不能对那边那个年轻人说几句好听的，给痛苦的这一刻擦上点止痛膏，生活之船可就要触礁啦——说实话，此刻我已经能听见摩擦的吱嘎声和轰隆声了。我的神经像紧绷的琴弦，只要再碰一碰就会啪地断掉”——当拉姆齐夫人用眼神说着这一切时，莉莉·布里斯柯当然只得第一百五十次放弃那试验——看看如果你不好好对待那边那个年轻人会有什么结果——去好好对待他。

他正确地判断出了她情绪上的变化——她现在对他友好起来了——便从自我中心的状态中摆脱了出来，告诉她他很小的时候怎样被从船上扔进水里；他的父亲怎样用一根带钩的船篙把他捞上来；说他就是这样学会游泳的。他有一个叔叔在苏格兰海岸边一处礁石上看守灯塔，他说。在一场暴风雨中他曾和这个叔叔一起在灯塔上。这是在大家谈话的间歇中大声说出来的，人们不得不听他诉说他在一场暴风雨中和叔叔一起在灯塔里的事。哎，当谈话出现了这一有利变化时，莉莉·布里斯柯想道，她能够感觉到拉姆齐夫人的感激（因为现在拉姆齐夫人可以自己说一会儿话了），哎，她想道，可是为了你能这样做，我什么代价没有付啊？她刚才说的可是违心的话。

她刚才玩的是老一套的把戏——做出和蔼可亲的样子。她永远也不会了解他，他也永远不会了解她。人际关系都是这样，她想，而最糟的是男人和女人之间的关系（也许班克斯先生是个例外）。这种关系必然是极端虚假的。这时她一眼看见了那只盐瓶，她刚才放在那儿提醒自己的，于是便想起明天早上她要把那棵树往中间移一点，一想到明天画画的事她情绪立刻大大高涨，不禁对坦斯利先生所说的话大声笑了起来。要是他喜欢，就让他去说上一整夜好了。

“可是他们让灯塔的看守在上面待多长时间呀？”她问道。他告诉了她。他如此了解情况，真让人惊异。看到他对她的感激，看到他喜欢她，看到他开始觉得快活了，拉姆齐夫人想，现在她可以回到她的梦乡、那个虚幻但迷人的地方、二十年前曼宁家在马洛的那间客厅里去了；在那里你无忧无虑、不急不忙地走来走去，因为你还没有需要担忧的将来。她知道他们的遭遇，她也知道自己的遭遇。就像重读一本好书，她知道故事的结局，因为这已是二十年前的事了，而生活，即使现在还在像瀑布般从这张餐桌奔流而下，天知道流向何方，在那儿却是封闭着的，像一个湖泊宁静地躺在堤岸之间。他说他们建了一间弹子房——这可能吗？威廉会继续谈论曼宁家的情况吗？她希望他会谈下去。但是不——不知什么原因他没有了那份心情。她试着让他谈下去。他毫无反应。她无法强迫他。她很失望。

“孩子们太不像话了。”她叹了口气说。他说遵守时间是一个年纪大些以后才会获得的次要的美德，诸如此类。

“真那样就不错了。”拉姆齐夫人仅仅是为了免得冷场才说道，心想威廉怎么变得越来越像个老处女了。他意识到自己的背叛行为，意识到她想谈些更亲密的话题，然而他目前却没有这种心情；他坐在那里，等待着，一种生活的不愉快感逐渐支配了他。也许别人在谈些有趣的话题？他们在说些什么？

他们在说今年的渔季不好；说渔民在迁移出去。他们在谈论工资和失业。那个年轻人在攻击政府。威廉·班克斯想，当不愿谈私人生活的时候，抓住这类话题可真让人心头轻松。他听见那人在说什么“当今政府最可耻的法令之一”。莉莉在听着；拉姆齐夫人在听着；大家都在听着。但是已经烦了，莉莉觉得好像缺了点什么；班克斯先生觉得好像缺了点什么。拉姆齐夫人把披巾在身上拉紧一些，觉得好像缺了点什么。所有俯身倾听的人都在想，“老天保佑我心里想的可别暴露出来，”因为每个人都在想，“别人都被打动了。他们都为渔民的事对政府感到义愤填膺，可是我却不为所动。”不过，也许，班克斯先生看着坦斯利先生时心里在想，那个人就在这里。人们总是在等待这个人的出现。这个可能性总是存在的。领袖随时可能出现，这是一个天才人物，在政治上和其他方面都是天才。也许我们这些老保守会觉得他非常讨厌，班克斯先生想，他尽量使自己宽容些，因为从身体的某种奇怪感觉，像脊背上的神经处于高度敏感时所感到的，他知道自己是在嫉妒，部分是嫉妒他这个人，更可能是嫉妒他的工作，嫉妒他的观点，他的科学；因此他不能做到完全坦诚或公正，因为坦斯利先生似乎在说，你们浪费了生命。你们全都错了。可怜的老保守们，你们是毫无希望地落后于时代了。他似乎极其自信，这个年轻人；而且粗鲁无礼。但班克斯先生命令自己注意，他有勇气；他有能力；他事实掌握得极其充分。也许，在坦斯利攻击政府时班克斯先生想，他说的话很有道理。

“现在请告诉我……”他说。于是他们争论起了政治问题，莉莉看着桌布图案上的叶片；拉姆齐夫人听任那两个男人去争辩，心里奇怪这谈话为什么让她感到如此厌倦，她看着坐在桌子另一端的丈夫，希望他会说点什么。只要一个字，她对自己说。因为如果他说点什么，情形就会大不一样。他总是能抓住事情的要害。他关心渔民和他们的工资。他常常因为想到他们而无法入睡。他说的时候情形完全不同；那时人们不会觉得，老天保佑你们别看出来我对这事多么不关心，因为现在他们关心了。随后她意识到这是因为她太钦佩他了，所以才等着他讲话，她感到似乎有人一直在向她称赞她的丈夫和他们的婚姻，这使她容光焕发，没有意识到称赞他的正是她自己。她看着他，想在他脸上看出这一点；他看去应该高贵轩昂……可却根本不是这样！他正皱着个脸，瞪着眼皱着眉，气得满脸通红。这究竟是什么原因？只不过是可怜的老奥古斯塔斯又要了一盘汤——如此而已。奥古斯塔斯竟然又重新喝起汤来，真是难以想象，令人厌恶（他隔着餐桌这样向她示意）。他讨厌别人在他吃完以后还在吃东西。她看见怒气像一群猎狗一样蹿上他的眼睛里、额头上，她知道马上就会有什么猛烈的东西爆发出来，而那时——但是感谢上帝！她看见他控制住了自己，给轮子加上了闸，他整个的身体似乎迸发出了火星，但没有说出一个字来。他沉着脸坐在那里。他什么也没有说，他要她注意到这一点。让她看到他这个优点吧！但是究竟为什么可怜的奥古斯塔斯不该再要一份汤呢？他只不过是碰了碰艾伦的胳膊，说了声：

“艾伦，请再给我一盘汤。”而拉姆齐先生就这么沉起了脸。

为什么不能再来一盘汤呢？拉姆齐夫人想要知道。如果奥古斯塔斯想要汤，当然他们可以再给他一盘。他讨厌人们纵情吃喝，拉姆齐先生向她皱起眉头表示不满。他讨厌什么事都像这样拖上几个小时。尽管这景象令人作呕，但是他控制住了自己，拉姆齐先生要她注意到这一点。可是为什么要表现得这么明显呢，拉姆齐夫人想要知道（他们隔着这张长餐桌互相看着，发出以上问答的信息，双方都清楚对方的意思）。每一个人都能看得出来，拉姆齐夫人想。萝丝不就盯着她父亲，还有罗杰也盯着他父亲；她知道，两个人马上就会憋不住大笑起来的，所以她立刻说道（确实正是时候）：

“去把蜡烛点上。”他们马上跳起身来，走到餐具柜旁摸索开了。

为什么他总是不能掩饰自己的感情？拉姆齐夫人琢磨着，她心想，不知道奥古斯塔斯·卡迈克尔是否注意到了。也许注意到了；也许没有注意到。他坐在那里喝他的汤，他的从容自若使拉姆齐夫人禁不住对他肃然起敬。如果他想喝汤，他就提出来。别人笑话他也好，生气也罢，对他毫无作用。他不喜欢她，这她知道；但在某种程度上正是因为这个原因她尊敬他，她看着他喝汤，在越来越暗的光线中显得巨大、雄伟而安详，像在沉思之中。她想，不知道他现在究竟有什么感觉，为什么他总是心满意足、庄重威严；她想到他是多么喜欢安德鲁，总是把他叫到自己的房间里去，如安德鲁所说，“给他看各种东西。”他会一整天躺在草坪上，想来是在琢磨他的诗句，让人想到一只盯着小鸟看的猫，当他找到了所要的词句，就会把两只大手啪地拍在一起，这时她的丈夫就会说，“可怜的老奥古斯塔斯——他是个真正的诗人。”出自她丈夫之口，这就是很高的赞扬了。

现在沿着桌子放上了八根蜡烛，火苗开始低摇了一下，然后便伸直，照亮了整张桌子，以及餐桌正中一盘黄色和紫色的水果。她是怎么摆弄出来的，拉姆齐夫人惊讶地想道，萝丝把葡萄、梨、香蕉在带粉红色条纹的角质贝壳形果盘里摆放得这样好看，使拉姆齐夫人想起来自海底的纪念品，想起海神尼普顿的盛宴，想起（在某幅画中）垂在酒神巴克斯肩上的、挂在叶蔓上的一串葡萄，四周是豹皮和闪着金黄及鲜红光焰的火炬……这样突然地出现在明亮的烛光下，果盘似乎又大又深，像是一个可以拿起拐杖往山上爬去的世界，她想，也可以下到山谷之中，她高兴地看到（因为它使他们有片刻的同感）奥古斯塔斯的眼睛也在尽情享受着同一盘水果，目光深入其中，这儿摘下一朵花，那儿掰下一束花穗，充分享受后又回到他的蜂巢中去。那是他的观看的方法，和她不一样。但是共同的观看使他们一致了起来。

现在所有的蜡烛都点燃了，烛光把桌子两旁的脸拉近了，使他们成了围桌而坐的一个整体，在刚才昏暗的夜色中就没有这种感觉，因为现在夜被关在了玻璃窗之外，玻璃窗不仅不能使人看到外面世界的真切景象，反而产生了奇特的波纹，以致让人感觉似乎在这儿，在房间里是整齐干燥的陆地；在那儿，在外面是一片水汪汪的倒影，一切事物都在其中波动、消失。

大家立刻起了某种变化，好像这一切真的发生了，他们全都意识到他们是作为一个整体在岛屿上的一个洞穴里，有着共同的事业：对付外面那个流动的世界。拉姆齐夫人在等待保罗和明塔回来的时候心里一直感到不安，什么事情都无法定下心来处理，此时她觉得不安已变成了期待，因为他们现在一定会来了。莉莉·布里斯柯试图分析人们突然振奋起来的原因，和在网球场上的那一刻进行比较，那时好像紧密性突然消失，他们之间有着如此广阔的空间；而现在在这间只有很少几件家具、窗户上没有窗帘的房间里，许多燃烧的蜡烛产生了同样的效果，烛光下的一张张脸看起来像是光亮的面具。某些重负从他们身上解除了下来；她感到什么事都可能发生。他们现在总要来了吧，拉姆齐夫人想，眼睛看着门，就在这时，明塔·多伊尔、保罗·雷勒和一个手里端着大菜钵的女仆一起走了进来。他们来得太晚了；实在是太晚了，明塔说，他们分别向餐桌两端走去。

“我把胸针给丢了——我祖母的胸针。”明塔说，声音中带着悲伤，棕色的大眼睛里闪着泪光。她坐在拉姆齐先生旁边，眼睛时而低垂、时而抬起，引起了拉姆齐先生对女人的骑士风度，和她善意地开起玩笑来。

她怎么会这么傻，他问道，竟然带着首饰在岩石上到处爬来爬去？

她做出怕他的样子——他简直聪明得可怕，她第一次坐在他旁边的那个晚上，他大谈乔治·爱略特[1]，真把她吓得够呛，因为她把《米得尔马契》的第三卷忘在火车上了，不知道故事结局；但是后来她和他相处得很好，她把自己表现得比实际上还要无知，因为他喜欢对她说她是个傻瓜。因此，今晚他一开始笑话她，她就不害怕了。而且，她一走进房间就知道奇迹出现了，她身上笼罩着一层金色的薄雾，这层薄雾有时出现，有时不出现。她从来也不知道它为什么来到，又为什么消失，也不知道当时有没有，一直要等她走进房间，才会从某个男人看她的神情上得知其存在。是的，今晚她有这层金色的薄雾，极大的一层；她从拉姆齐先生告诉她别傻时的神态知道了这一点。她坐在他旁边，微笑着。

那么，事情一定是发生了，拉姆齐夫人心想；他们订婚了。一时间她产生了一种她以为再也不会产生的感情——嫉妒。因为他，她的丈夫，也感觉到了——明塔激动得容光焕发；他喜欢这些女孩子，这些脸蛋红扑扑的金发少女，她们身上有种仓促的、带点任性和轻率的气息，不“刮净汗毛”，也不像他所说的可怜的莉莉·布里斯柯那样“小气”。她们有着某种她自己不具备的品质，某种光彩，某种浓烈的风度，能够吸引他，使他快乐，使他宠爱明塔这样的女孩子。她们可以给他剪头发，给他编表链，或打断他的工作，

1 乔治·爱略特（1819—1880），英国作家。作品有《亚当·比德》《弗洛斯河上的磨坊》《织工马南传》及《米得尔马契》等。

大声喊他（她亲自听见过），“过来，拉姆齐先生；现在轮到我们打败他们了。”于是他就会出来打网球。

可是她实际上并不嫉妒，只是有时当她强使自己看着镜子，看到自己老了时，心中有点怨恨而已。这也许是她自己的错。（修理温室的账单以及所有其他的事情。）她很感激她们和他打趣，（“你今天抽了几烟斗烟了，拉姆齐先生？”）这使他似乎变成了年轻人；一个对女人非常有吸引力的男人，没有了负担，不再处于他工作之伟大、世界的苦难或他的声名成败的压力之下，而是再一次如她和他最初相识时那样，瘦削但潇洒殷勤；她记得，他扶她下船；带着一副讨人喜欢的样子（她看着他，他看上去惊人的年轻，正在逗明塔）。至于她自己——“放在那儿吧。”她说，一面帮助那个瑞士女仆把放着焖牛肉的棕色大钵轻轻放在她面前——至于她自己，她喜欢自己的呆小伙子。保罗必须得坐在她的旁边。她替他留着一个位子。真的，有时候她觉得她最喜欢的就是那些呆小伙子。他们不拿论文来麻烦你。说到底，那些极端聪明的男人们错过了多少东西啊！真的，他们都变得多么干巴巴的啊！在保罗入座时她想道，他身上有着某种非常迷人之处。她觉得他的举止十分可爱，还有他那轮廓分明的鼻子和他明亮的蓝眼睛。他非常体贴人。他会告诉她——既然现在大家重又交谈了起来——究竟发生了什么事吗？

“我们回过头去找明塔的胸针。”他说着在她身旁坐了下来。“我们”——这已经足够了。从他嗓音的升高、费劲地说出一个困难的词语的样子，她知道这是他第一次说“我们”。“我们”做了这，“我们”做了那。他们一辈子都要这样说了，她想道，这时玛尔特微带炫耀地揭开那只棕色大钵的盖子，一股橄榄油和肉汁的香味扑面而来。厨娘在这道菜上整整花了三天的时间。拉姆齐夫人把勺子伸进酥软的肉里时心想，她一定要非常小心，给威廉·班克斯挑一块特别嫩的肉。她看着钵子里面，钵子的壁闪闪发亮，大量可口的棕黄色的肉块，加上月桂叶和调味酒，心想，这将是对这桩好事的庆贺——她心头升起了一种奇特的欢庆节日的感觉，既异想天开又充满柔情，仿佛在她心中唤起了两种情感，一种是深沉的——因为还有什么比一个男人对女人的爱更严肃、更高于一切、更令人难忘呢？在这份爱的怀抱里孕生着死亡的种子；而与此同时，这些相爱着的人，这些两眼闪着光进入到梦幻世界的人，必须戴着花环，让大家嘲弄地围着他们跳舞。

“真是巨大的成功。”班克斯先生暂时放下刀子，说道。他刚才专心地吃着这道菜。味道很浓；肉很嫩。烹制得十分到家。在这样远离城市的地方，她怎么能做到这一切的？他问她道。她真是个了不起的女人。他对她所有的爱慕，所有的敬仰又都回来了；而她是知道这一点的。

“是我祖母的一个法国菜谱，”拉姆齐夫人说，声音里有着极大的喜悦。当然这是法国菜。在英国所谓的烹调简直是可怕至极（大家都表示同意）。就是把卷心菜放进水里去煮。就是把肉烤得像牛皮。就是把美味的蔬菜皮全削掉，“蔬菜皮，”班克斯先生说，“是最有营养的。”“再说有多浪费”，拉姆齐夫人说。一个英国厨子扔掉的东西足可以养活一家法国人。她意识到威廉的爱慕重又回到了她的身上，一切又都好了，她的担心已成过去，现在她又可以自由地庆祝胜利嘲笑人生了，这极大地鼓舞了她，她开怀大笑，她手舞足蹈，致使莉莉想道，她是多么幼稚，多么可笑，坐在那里重又敞露出她全部的美，大谈蔬菜皮。她身上有着某种令人害怕的东西。她是无法抗拒的。她最终总能达到自己的目的，莉莉想。现在她又把这事办成了——保罗和明塔看来已经订婚了。班克斯先生在这里吃晚饭了。她就这么简单、这么直截了当地通过她的希望使大家身不由已地被她迷住；莉莉把她的丰富的内心和自己精神世界的贫乏进行对比，猜想部分是出于对这个奇异的、令人害怕的事件的信念（因为她的脸上喜气洋洋——她看上去并不年轻，但容光焕发），才使事件的中心保罗·雷勒激动得发抖，但又心不在焉，若有所思，沉默不语。拉姆齐夫人，莉莉感到，在谈论蔬菜皮的时候是在赞扬这件事、崇拜这件事；她把手伸出在它上面来获得温暖，来保护它，而在促使这一切发生之后，她不知为何大笑起来，把她的牺牲品，莉莉感到，领上祭坛。现在这种感情——这种爱恋、这种爱的颤动——也攫住了她。坐在保罗的旁边她感到自己是多么微不足道！他，容光焕发，热情洋溢；她，冷淡超脱，讽刺挖苦；他，即将起航去冒险；她，系缆于岸边；他，已经起动上路，义无反顾；她，形单影只，被遗留在后——为了能在他的灾难中，如果这是场灾难的话，求得一份，她胆怯地问道：

“明塔是什么时候把胸针弄丢了的？”

他无比优美地一笑，这笑隐蔽在回忆的面纱下，带上了梦幻的色彩。他摇了摇头，说，“在沙滩上的时候。”

“我要把它找回来，”他说，“我明天一大早就起来。”因为这件事不想让明塔知道，所以他压低了声音，把眼睛转向她坐着的地方，她在拉姆齐先生旁边开怀笑着。

莉莉想要强烈地、不容反对地表明她渴望帮助他，她想象着在黎明的海滩上是她扑向被一块石头半遮着的那枚胸针，这样她便被包括在了水手和冒险家的行列之中。但他对她的提议会如何回答呢？实际上她是带着她很少允许自己流露的感情提出来的，“让我和你一起去吧”；而他却笑了。他的意思究竟是同意还是不同意——也许都有吧。但主要不是他的意思——是他发出的那古怪的轻笑声，似乎是在说，你要是愿意就从悬崖上跳下去好了，我才不在乎呢。他当着她的面就显示出爱的炽烈、可怕、残酷和肆无忌惮。它灼伤了她，莉莉看到明塔在桌子的另一头讨拉姆齐先生的欢心，不禁为她暴露在爱的毒牙之下而害怕，并为自己感到庆幸。她看到桌布图案上的那只盐瓶对自己说，反正她用不着结婚，感谢上帝：她用不着经受这种降低人格的事。她可以避免遭到削弱。她要把那棵树多往中间挪一点。

事情的复杂性就在于此。她的经历，特别是住在拉姆齐家时的经历，使她同时强烈地具有两种截然相反的感觉；这是你的感觉，这是一方面；那是我的感觉，这是另一方面，而它们在她的头脑中搏斗，就像现在这样。这种爱是如此美好，如此令人激动，使我在它的边缘颤抖，并一反自己的习惯，主动提出到海滩上去寻找一枚胸针；同时它又是人类感情中最愚蠢、最野蛮的一种，把一个有着宝石般侧影的好小伙子（保罗的脸部轮廓优美）变成了一个在大街上拿着根撬棍的恶少（他狂妄自大，他傲慢无理）。然而她对自己说，从开天辟地以来人们就一直歌颂爱情；为它奉上数不清的花环和玫瑰；如果你问上十个人，九个会对你说他们唯一想得到的就是爱情；而女人们，根据她自己的经验，会永远感到，这并不是我们所要的；再也没有比爱情更沉闷乏味、更幼稚可笑、更野蛮残酷的了；然而爱情却又是美丽和必需的。那么怎么办，怎么办？她问道，似乎期望着别人把争论继续下去，仿佛在这样一种争论中，你只管射出自己小小的一箭，它显然射不中的，留待其余的人继续进行下去。于是她重又倾听别人在说些什么，也许他们会在这个爱情问题上给她一些启示。

“再有，”班克斯先生说，“还有那种英国人称作咖啡的液体。”

“啊，咖啡！”拉姆齐夫人说。但其实问题更大的是（莉莉可以看出，她已经十分兴奋，说话的口气非常强烈）没有真正的黄油和洁净的牛奶。她激动地、滔滔不绝地描述着英国乳制品业的恶劣状况，牛奶送到门前时已经成了什么样子，她仔细了解过这件事，正要证明她的指控时，突然，从坐在中间的安德鲁开始，就像烈火从一丛荆豆蹿到又一丛荆豆，全桌的人都笑了。她的孩子们笑了；她的丈夫笑了；他们嘲笑她，她被大火包围，被迫掩甲卸炮，她唯一的回击是让班克斯先生看到餐桌上人们对她的嘲笑和奚落，以此作为一个例子，证明如果你攻击了英国公众的偏见，会落得怎样的下场。

然而，她记着莉莉刚才帮助她照应过坦斯利先生，而现在超脱在谈话之外，便有意对她加以区别对待；她说“反正莉莉同意我的看法”，这样就把她也拉了进来，使她稍稍有点不安，稍稍有点吃惊。（因为她正想着关于爱情的事。）他们俩都超脱在外，拉姆齐夫人刚才在想，莉莉和查尔斯·坦斯利都这样。他们俩都因另外两个人的喜形于色而忍受着煎熬。他显然感到自己完全被冷落了；有保罗·雷勒在场，没有哪个女人会对他看上一眼的。可怜的家伙！不过他还有他的论文，是关于某个人对某件事的影响的：他能自己照顾自己。而莉莉就不同了。她在明塔的光艳之下黯然失色；她穿着那条小灰裙子，加上一张缩拢着的小脸和一双中国式的小眼睛，变得更加不显眼了。她的一切都是那么小。但是，拉姆齐夫人要求她帮助时（因为莉莉应该为她证明，她谈论奶制品时并不比她丈夫谈论靴子时话更多——他谈起他的靴子来，一说就是个把小时），把她和明塔做着比较，想道，这两个人里，到四十岁时莉莉会比明塔强。在莉莉身上贯穿着某种东西；闪耀着某种东西；一种拉姆齐夫人确实非常喜欢的属于她自己的东西，但是她恐怕没有哪个男人会喜欢。显然不会，除非是一个年纪大得多的男人，如威廉·班克斯那样的。再说他是关心的，是的，有时拉姆齐夫人想，自从他的妻子去世后，他也许对她是关心的。当然，他并没有在“恋爱”；这是那无数难以分类的好感中的一种。啊，别瞎想了，她想道；威廉一定得和莉莉结婚。他们之间有着这样多共同的东西。莉莉是多么喜欢花啊。他们俩都冷漠超脱，无所求于世。她一定要为他们安排出去长时间地散一次步。

她竟然愚蠢地安排他们隔着桌子对坐。这可以在明天加以补救。如果明天天气好，他们应该去野餐。一切都似乎是可能的。一切都似乎是恰当的。刚才（但这不可能持久，她想，趁大家都在谈论靴子时她把自己和眼前这一刻隔断开来），刚才她获得了安全感；她像一只鹰在空中盘旋停留；像一面在充溢着她全身每一根神经的欢乐气氛中飘扬的旗帜，这欢乐甜蜜地、毫不张扬地、庄严地充溢在她每根神经之中，因为，她看着在一起吃饭的人们，心想，这欢乐来自她的丈夫、儿女和朋友们；所有这一切都从这深沉的静谧中升起（她正给威廉·班克斯再添很小的一块肉，往砂锅的深处看着），似乎没有任何特别的原因，现在这欢乐停留在那里，像一缕轻烟，像一层上升的雾气，把他们安全地结合在一起。什么也不用说，什么也不能说。它就在那里，充斥在他们周围。她小心地给班克斯先生挑了一块特别嫩的肉，心里感到这欢乐带有永恒的色彩；那天下午她在另一件不同的事情上已经有过这种感觉；在事物之间有着某种一致性，一种稳定性；她的意思是，有种东西不会受到变异的影响，（她看了一眼反射着波动的灯光的窗子）像红宝石般，面对着浮光掠影、虚幻世界放射出夺目的光芒；于是今晚她再次产生了今天已经有过了一次的那种感觉，一种平静、安宁的感觉。她想，就是这样的时刻构成了永恒。这一刻也会成为永恒的。

“是的，”她让威廉·班克斯放心，“肉足够大家吃的。”

“安德鲁，”她说，“把盘子拿低点，不然我会把菜洒出来的。”（法式焖牛肉大获成功。）她放下勺子，感到这儿就是事物核心处的静谧的空间，她可以在这里活动或休息；现在可以等待、倾听（他们的菜都已添好了）；这时可以像只鹰突然从高处飞落而下，轻松地在笑声中升沉，把全部重量落在餐桌的另一头她丈夫正在说着的话上，他在谈着一千二百五十三的平方根，这个数碰巧是他火车票的号码。

这些都是什么意思？直到今天她也没有任何概念。平方根？那是什么东西？她的儿子们知道。她把身体向他们靠去，听他们谈话的内容；他们在谈立方根和平方根；伏尔泰[1]和斯塔尔夫人[2]；拿破仑的性格；法国的土地使用制度；罗斯伯里勋爵[3]；克里维[4]的回忆录；她让这令人钦佩的男性智慧的织物支撑住她、维持着她，这男性智慧像上下左右交叉着的钢铁大梁，撑住摇摆晃动的织物，支撑起整个世界，使她可以把自己完全交给它，甚至可以把眼睛闭上，或者张张闭闭，就像个小孩子躺在枕头上抬眼对着树上的层层枝叶眨眼睛。这时她惊醒过来。织物仍在被编织着。威廉·班克斯正在称赞司各特的韦弗利系列小说。

他每六个月就读其中的一本，他说。这为什么会使查尔斯·坦斯利生气呢？他一头插了进来（拉姆齐夫人想，这全都是因为普鲁

1 伏尔泰（1694—1778），法国作家、历史学家和哲学家。
2 斯塔尔夫人（1766—1817），法国女文人，由于反对拿破仑而大多数时间居住在国外。她的政治文化沙龙在当时极其有名。
3 罗斯伯里（1847—1929），英国政治家，于1892—1894年任外交部部长，1894—1895年任首相。
4 克里维（1768—1838），英国政治家和官员，以其回忆录闻名。

对他态度不好之故），在对韦弗利系列小说一无所知、绝对一无所知的情况下对之大加指责，拉姆齐夫人想。她更多的是在观察他而不是在听他说话。她从他的态度可以看出是怎么回事——他想要突出自己，直到他获得教授的职称或娶了老婆，才会不再需要张口闭口总是“我——我——我”的。因为他对可怜的沃尔特，司各特爵士，或者也许是简·奥斯汀的批评不过就是这么回事。“我——我——我。”他想着的是他自己以及他给别人的印象，这一点她从他说话的声音中、强调的口气中和他的紧张不安中可以感觉得出来。成功会对他有好处。不管怎样，他们又谈开了。现在她用不着听了。她知道这不会持续太久的，但是此刻她的眼光是出奇的清晰，似乎沿着餐桌把这些人的面目一个个揭示出来，毫不费力地看到他们的思想和他们的感情，就像悄悄钻入水底的光，照亮了水上的涟漪、水中的芦苇、水下游动的小鱼和突然静止下来的鳟鱼，一切都悬浮在水中颤抖。她就像这样看到他们；听到他们；但无论他们谈的是什么，都具有这个特点，仿佛他们说的话像鳟鱼的游动，与此同时她可以看得见水上的涟漪和水底的砾石，看得见右边有点什么，左边有点什么；一切组成一个整体；而在她活跃的现实生活中，她会撒网捕捞然后把捞得之物一一分门别类；她会说她喜欢韦弗利系列小说，或者说她没有读过；她会极力促使自己前进；但现在她什么话也没有说。此刻她处于悬浮着的暂停状态。

“呃，但是你认为这会流行多久？”有人说。好像从她身上颤动着伸出的一对触角，截下了一些句子，迫使她去注意它们。这就是其中的一句。她嗅出这里面对她丈夫存在的危险。这样的一个问题几乎肯定会引起一些别的话，使他想起自己的失败。他的书还会流行多久——他立刻就会想到这一点。威廉·班克斯（他完全没有这种虚荣心）笑了起来，他说，对他说来，时尚的变化根本无关紧要。谁能说得出什么会长存——无论在文学还是在其他一切方面？

“让我们欣赏我们真正欣赏的东西吧。”他说。拉姆齐夫人觉得他的正直诚实令人称羡。他似乎从来不想：这对我会有什么影响？可是如果你有另一种性格，非得有人夸奖不可，非得有人鼓励不可，你自然就会开始感到不安（她知道拉姆齐先生已开始有这种感觉）；会希望有人说，哦，但是拉姆齐先生，你的作品是会流传下去的，或者类似的什么话。现在他有点恼怒地在说，不管怎么说，他一辈子都会读司各特（还是莎士比亚？）的，这话明显地反映了他的不安。话说得很激动。每个人，她心想，都不知为何觉得有点不安。于是具有敏感的直觉的明塔·多伊尔直愣愣地、可笑地说，她不相信会有什么人真喜欢读莎士比亚。拉姆齐先生冷冷地说（但他的心境已经转变），很少有人像他们嘴里说的那样喜欢莎士比亚。但是，他补充道，莎士比亚有些剧本还是有相当大的优点的；这时拉姆齐夫人看到，至少此刻总算没事了；他会笑话明塔，而明塔，拉姆齐夫人看到，意识到他是多么在乎别人对他的看法，就会以自己的方式来满足他，想法子去恭维他。但是她又希望不必如此：也许是她自己的过错才搞得必须这样做。不管怎样，她现在可以放心地听保罗·雷勒谈他小时候读过的书了。他说，这些书永远留在记忆里。他上学时读过托尔斯泰的一些作品，其中一本他一直记得，不过他把名字给忘了。俄国人名太难记了，拉姆齐夫人说。“渥伦斯基，”保罗说。他记住了这个名字，因为他一直觉得这名字对一个反面人物太合适了。“渥伦斯基，”拉姆齐夫人说，“哦，是《安娜·卡列尼娜》。”但是他们没有能够谈下去；书籍不是他们擅长的话题。不对，在有关书的问题上，查尔斯·坦斯利一秒钟就能纠正他们俩的错误，但是他的话里总会夹杂着暗含的担忧：这话该说吗？我给人好印象了吗？其结果是，听的人对他的了解胜过对托尔斯泰的了解，而保罗说的就是事情本身，不谈自己。他和所有迟钝的人一样，有一种谦逊的品德，照顾别人的感情；她起码有时觉得这很吸引人。现在他想到的就既不是他自己，也不是托尔斯泰，而是她是不是有点冷，是不是有穿堂风吹着她了，她想不想吃一只梨。

不吃，她说，她不想吃梨，其实她一直在留意地保护着那盘水果（但并没有意识到这一点），希望谁也不要碰它。她的目光在水果的曲线和阴影之间来回移动，先停留在低地生产的深紫色的葡萄上，然后移到贝壳果盘坚硬的隆起的边上，时而让紫色衬托黄色，时而让圆形和弧形对比，自己也不知道为什么这样做，也不知道为什么每次这样做时心里都感到越来越安详；直到，啊，多么遗憾他们竟然这么干了——一只手伸了过来，拿了一个梨；把一切都破坏了。她惋惜地向萝丝看去。她看着坐在贾斯珀和普鲁之间的萝丝。真奇怪自己的孩子竟会做这事！

看到他们，她的孩子们，在那儿坐成一排，有一种多么奇怪的感觉：贾斯珀、萝丝、普鲁、安德鲁，他们几乎一声不响，但是她从他们嘴唇的轻轻抽动猜测，他们之间有着自己的玩笑。它和这儿的事没有关系，他们藏在心里等回到自己的房间以后再去笑个痛快。她希望他们要笑的不是他们的父亲。不是的，她想不是的。究竟是什么呢，她带着几分伤感地想道，因为她感到他们要等她不在场时才会大笑。在那些板着的、没有表情的、面具般的面孔后面藏着那一切她所不知道的事情，他们很难参加进大人的谈话中；他们像旁观者、检查员，有点超出成年人，或和他们有着一段距离。不过当她今晚看着普鲁的时候，她觉得对于普鲁来说情况不完全是这样。她正在开始移向成人世界、落向成人世界。她脸上微微发亮，仿佛坐在对面的明塔的满面红光，那激动、那对幸福的期盼，反射到了普鲁的脸上，仿佛男女之爱的太阳从桌布的边缘升起，她并不知情地向它俯下身去迎接它。她不停地看着明塔，既羞涩又好奇，使得拉姆齐夫人的目光在他们两人间移来移去，心里在对普鲁说，有一天你会和她一样幸福的。你会比她幸福得多，她补充道，因为你是我的女儿，这是她话的含义；她的女儿一定要比别人的女儿幸福。但现在晚餐结束了。该离席了。他们只是在把盘子上的食物扒拉着玩而已。她丈夫在讲着什么故事，他和明塔就打赌的事在开玩笑，她得等到大家听完笑完，然后站起身来。

她喜欢查尔斯·坦斯利，她突然想道；她喜欢他的笑声。她喜欢他，因为他对明塔和保罗生了那么大的气。她喜欢他那笨手笨脚的样子。在那个年轻人身上毕竟还有许多长处。至于莉莉，她把餐巾放在盘子旁，心里想，莉莉总有自己的笑料。你不用为她操心。她等待着。她把餐巾塞在盘子边底下。唉，他们讲完了吗？没有，那个故事又引起了另外一个故事。她丈夫今晚情绪极好，她猜想是在喝汤事件后想和老奥古斯塔斯弥合一下，所以把他也吸引到谈话中来——他们在讲他们大学时共同认识的一个人的故事。她看了看窗子，由于玻璃完全黑了，映出的烛光更明亮了。她看着外面，传到耳中的声音显得很奇怪，像是大教堂做礼拜的声音，因为她没有在听具体的词句。突然爆发的笑声，以及紧接着一个人（明塔的）单独说话的声音使她想起了在某个罗马天主教堂里成年男子和男童在宗教仪式上大声用拉丁文诵经的情形。她等待着。她的丈夫在说话。他在背诵什么，从它的节奏和他声音中的兴奋和忧郁韵味，她知道他是在背诗：

出来沿花园小径而上，
卢里亚娜·卢里莉。
月季盛开引来蜜蜂忙采蜜。

词句（她看着窗子）听起来像漂浮在窗外水面上的花儿，与他们没有任何联系，好像没有人说词句自己就出现了似的。

我们所有过去的生活和未来的生活里
都充满了树木和更迭的树叶。

她不明白诗句的意义，但很像音乐，这些词句仿佛是她自己的声音说出来的，在她的躯体之外，流利自然地说出了整个晚上她嘴里在说着别的而心里真正想说的话。她不用回头看也知道，桌旁的每一个人都在听着这个声音说：

我不知道你是否感到
卢里亚娜·卢里莉

声音带着她怀有的同样的宽慰和喜悦，好像终于说出了应说的话，是他们自己的声音在说话。

但是声音停止了。她环顾四周。她迫使自己站了起来。奥古斯塔斯·卡迈克尔已经站了起来，手里拿着的餐巾看上去像个白色长袍，他站在那儿吟诵：

看着国王们策马
穿越草地和盛开着雏菊的牧场
佩着棕榈叶[1]杉木箭束，
卢里亚娜·卢里莉，

当她走过他身旁时他微微转身向她，重复着最后的一行：

卢里亚娜·卢里莉，

并向她鞠躬，仿佛在向她表示敬意。不知道为什么，她感到他比以前任何时候都更喜欢她一些；她怀着宽慰和感激弯身回礼，从他为她开着的门走了出去。

---

1 棕榈叶象征胜利。

现在必须把所有的事都向前推进一步。她一只脚踩在门槛上在眼前的情景中再停留了片刻，这个情景甚至就在她凝视着的时候就逐渐消失了。当她走过去挽起明塔的胳膊离开餐厅时，情景就变了，呈现出了不同的样子；她回过头去再看最后一眼时，明白一切已经成了过去。

18

还是那样，莉莉想。在某个特定的时候总是有什么非做不可的事，拉姆齐夫人根据自己的原因决定非得马上去做的事。比如就像现在，大家都站在那儿讲笑话，不知是该去吸烟室、客厅还是到阁楼上去。这时只见拉姆齐夫人在这一片乱哄哄中挽着明塔的胳膊站在那里，想着，“是的，现在该办那件事情了。”于是立刻带着神秘的神情走开，独自办什么事去了。她一离开就开始了溃散的过程；大家犹豫了一阵，便分散而去，班克斯先生拉着查尔斯·坦斯利的胳膊到平台上，去继续他们晚餐时开始的关于政治的讨论，这样就改变了当晚整个的平衡，使重心倒向不同的方向，莉莉看着他们走开、听到关于工党政策的片言只语时想道，好像他们登上了轮船的驾驶台，在判断自己的方位；谈话从诗歌转向政治给她造成的感受就是如此；就这样，班克斯先生和查尔斯·坦斯利走了开去，而别的人则站在那里看着拉姆齐夫人在灯光下独自走上楼去。莉莉奇怪，她走得这么急，是要去哪儿?

她其实并没有跑也没有急匆匆的样子；实际上她走得很慢。在这么多的无休止的谈论以后，她很想静静地站上一会儿，把那件特殊的事情分辨开来；那件重要的事；把它分离出来；和别的分开；清除上面的一切感情因素和细枝末节，然后举在眼前，把它带上审判席，在那儿，她为裁定此类事情而设立的法庭的法官们在秘密审议，是好，是坏，是对，是错?我们在走向何处?等等。就这样她在这一事件带来的震惊中恢复了常态。她相当无意识地、不近情理地利用窗外的榆树枝来帮助自己稳定立场。她的世界正在起着变化：树枝静止不动。那件事给了她一种动感。一切必须有序地进行。她想，她必须把事情一件件安排好，她莫名其妙地对榆树的静止的威严赞许起来，现在又欣赏榆树枝被风向上托起时的壮丽情景（就像托起在风浪之上的船头）。因为风很大（她在那儿站了片刻，向窗外看着）。风很大，摇曳的树叶间不时露出颗颗星星，而星星本身似乎也在摇动、投射出光芒，拼命要在树叶的缝隙间闪现。“是的，那么这件事已经成了，完成了；并且和所有已经完成的事情一样，变得庄严起来。”现在没有了人们的谈论和感情的因素，她想到它时觉得它似乎一直都是如此，只不过现在才表现了出来，而表现了出来就使一切变得稳定。她继续想道，无论他们活多久，他们会回到这个夜晚；这轮明月；这晚风；这所房子上来：也回到她身边来。想到无论他们活多久，都会把她深深地织进他们的心田，这使她感到很得意，而这正是她最容易被人们的奉承打动的方面。她一面上楼一面充满深情地说，这个，这个，这个，笑着，笑楼梯平台处的那张沙发（她母亲的）、那把摇椅（她父亲的）、和那张赫不里底群岛的地图。这一切都将在保罗和明塔——“雷勒夫妇”（她试着说了几遍这个新的名字）的生活中被记起；她把手放在育儿室的门上，感受到由感情而生的与别人之间的情感上的一致，仿佛分隔开他们的墙已变得如此之薄，实际上（这是一种宽慰和幸福的感觉）一切都在同一条溪流之中，椅子、桌子、地图，是她的，是他们的，是谁的都没关系，在她去世以后，保罗和明塔将把一切继续下去。

她稳稳地转动门把手，以免发出吱嘎声，然后走进了房间，嘴唇微微噘起，好像在提醒自己不要大声说话。但她一走进门便很恼火地发现她根本用不着这么小心。孩子们都没有睡着呢。这真让人生气。米尔德里得应该更仔细些才对。詹姆斯在那儿大睁着眼睛，卡姆则直挺挺地坐着，米尔德里得光着脚站在地上。已经快十一点了，可他们还都在聊天。这是怎么回事？又是那个讨厌的头骨。她告诉过米尔德里得把它拿走，可是，当然，米尔德里得是不会记住的，现在结果是卡姆醒着，詹姆斯醒着，争吵不休，而他们本该几个小时前就睡着了的。究竟是什么鬼迷了爱德华的心窍，给他们寄了这么个讨厌的头骨来？她也真傻，居然让他们把它钉在了墙上。米尔德里得说，钉得特别结实，那东西在房间里卡姆睡不着觉，而她一碰它詹姆斯就尖叫。

拉姆齐夫人在卡姆的床沿上坐下，说，好啦，卡姆得睡觉啦（卡姆说它有大犄角呢——），睡着了做个好梦，梦见漂亮的宫殿。她看见犄角了，卡姆说，屋子里到处都是犄角。这是真的。无论他们把灯放在哪儿（没有灯詹姆斯睡不着觉），总有头骨的影子。

“可是你想想，卡姆，这只不过是头老猪而已，”拉姆齐夫人说，“一头可爱的黑猪，像农场上的猪一样。”但是卡姆认为它很可怕，从满屋子向她伸展过来。

“那么好吧，”拉姆齐夫人说，“咱们把它给蒙上。”他们看着她走到五斗柜前，很快地打开一个个小抽屉，没有找到能用的东西，便很快解下自己的披巾，裹在了头骨上，裹了一道又一道，然后回到卡姆身边，把头几乎平放在卡姆头旁的枕头上，说现在它看上去有多么可爱；仙女们也会喜欢它的；它像一个鸟窝了；它像她在国外时看到过的美丽的山峰，有山谷、鲜花、铃声叮当、小鸟歌唱，还有小山羊和羚羊……她能感觉到当她有节奏地说着时，这些词句在卡姆的脑海中回响，跟着她重复它怎样像一座山峰、一个鸟窝，一所花园、里面有小羚羊，她的眼睛一睁一闭，拉姆齐夫人继续用更加单调的声音更加有节奏地说着更加没有内容的话，说她必须闭上眼睛睡觉，她会梦见山峰、山谷，以及所有好看的东西，她说，一面很慢很慢地把头从枕头上抬起，声音越来越机械，直到最后身子完全坐直了起来，看到卡姆睡着了为止。

她走向詹姆斯的床旁，轻声说，现在詹姆斯也该睡觉了，因为，你看，野猪的头骨还在那儿；他们没有碰它；他们是按他希望的做的；它在那儿，一点也没有受到伤害。他弄确实了头骨真的在那披巾的下面。但是他还想问她别的事。他们明天会到灯塔去吗？

不，明天不去，她说，不过很快就会去的，她向他保证；下一个好天气就去。他很听话。他躺了下去。她给他盖好了被子。但是她知道他永远不会忘记这事，她感到很生查尔斯·坦斯利、她丈夫和她自己的气，因为她使他产生了希望。这时她伸手去摸披巾，想起她已经用它来裹野猪的头骨了，便站起身来，把窗子又往下拉了一两英寸。她听见了风声，吸进了一口夜晚毫无感情的凉飕飕的空气，低声和米尔德里得道了晚安，便离开房间。她让门把手里的舌簧慢慢伸进锁槽，然后走了开去。

她希望查尔斯·坦斯利不要在他们脑袋顶上把书往楼板上摔得砰砰响，她想道，心里仍在想他多么令人生气。因为这两个孩子睡觉都不好；他们很容易兴奋，由于坦斯利关于灯塔的事说过那样一番话，她觉得他可能会在他们就要睡着时笨手笨脚地用胳膊肘把桌上的一摞书碰翻到地上。她猜想他已经上楼去工作了。他显得那么孤独寂寞；但他走后她会觉得松了一口气；不过她会设法让他明天受到更好的对待；他对她丈夫可不错；可是他的举止态度实在需要改进；然而她喜欢他笑的样子——她一面想着这些，一面走下楼来，突然她注意到她能从楼梯的窗子里看见月亮了——那一轮金黄色的、秋收后的第一次满月——于是她转过身来，这时他们看见了她，站在他们上方的楼梯上。

“那就是我的母亲。”普鲁想。是的，明塔应该看看她；保罗·雷勒应该看看她。她感到那就是事物的本质，似乎在这个世界上只有一个这样的人；那就是她的母亲。她从刚才和别人聊天时觉得自己是个大人，现在一下子又变成了个孩子，他们刚才的所作所为只是一场游戏，她不知道母亲会认可他们的游戏还是会谴责他们的游戏。她想这是个多么难得的机会，让明塔、保罗和莉莉看看她，她觉得自己有这样的母亲是多么幸运，她永远也不愿长大不愿离开家，于是便像个孩子似的说道，“我们刚才想着要到海滩上去看海浪呢。”

立时之间，拉姆齐夫人什么原因也没有就变得像个二十岁的少女，快乐非常。一种狂欢作乐的心情攫住了她。当然他们一定要去；当然他们一定要去，她大声说道，并高声笑着；她快步跑下最后三四级楼梯，开始从一个人转向又一个人，笑着，替明塔把围巾裹紧，说她真希望也能去，他们不会待得太晚吧，有人带着表吗?

“有的，保罗带了。”明塔说。保罗从一个小小的软皮表袋里拿出一只漂亮的镀金表给她看。他把表放在手掌上伸到她的面前时，感到“她什么都知道。我什么也不用说”。他给她看表时就是在对她说，“我已经办好了，拉姆齐夫人。多亏了你呀。”拉姆齐夫人看到他手中的金表，感到明塔是多么幸运啊！她要嫁给一个拥有一只放在软皮表袋里的金表的男人了!

“我多希望能和你们一起去啊！”她大声说道。但阻止她去的某件事是如此强大有力，她甚至都没有想到要问问自己究竟是什么事。当然她不可能和他们一起去。但是如果不是因为那件事，她真想也去；她自己的荒唐想法（嫁给一个有软皮表袋放表的男人是多么幸运）逗得她直想笑。她嘴角带着微笑走进另一间屋子，她的丈夫正坐在里面看书。

19

当然啦，她走进屋子时对自己说，她不得不进来是为了得到她想要的东西。首先她想要在某一盏灯下的某一张椅子里坐下。但是还不止这个，尽管她不知道，也想不出她还想要的是什么。她看看丈夫（拿起毛袜开始织了起来），看出他不愿受到打搅——这一点是很清楚的。他正在读着什么使他非常感动的东西。他微带笑意，因此她知道他在控制着自己的感情。他把书页翻来翻去。他在表演——也许他想象自己是书中的人物。她心想，不知这是本什么书。啊，她明白了，是司各特爵士的一本书。她调整了一下灯罩，好让光线落在织着的袜子上。因为查尔斯·坦斯利曾说（她抬起头来，仿佛等着听到楼上书倒在地板上的声音），他曾说人们已经不再读司各特的作品了。于是她的丈夫就会想，“他们也会这么说我的”；所以他就去拿了一本来读。如果他得出了这个结论，查尔斯·坦斯利“说得对”，他就会接受关于司各特的这个评价。（她看得出来，他在看书的时候在不断权衡、思考、比较。）但不是关于他自己的作品。他对自己的作品总感到忧虑不安。这使她很担心。他永远都会为他自己的书不安的——会有人读吗？写得好吗？为什么不能更好一些？人们怎么看我？她不愿意这样看待他，心想在晚餐时，不知道他们是否猜到了他为什么在大家谈论到声名和作品能否流传的时候突然变得烦躁不安，不知道孩子们嘲笑的是不是这个。她猛地把长袜拉直，嘴角和额头出现了用钢制器械雕刻的精细线条，她像一棵被风刮得摇颤的树，现在风停了，她静止下来，叶子一片片地沉静了。

这些都不重要，她想。一个伟大的人物，一部伟大的作品，名望——谁能说得准？她在这方面一无所知。可他就有这么个特点，这是他的真实面目——比如说吃晚饭的时候，她一直本能地在想，他要是说出句话来就好了！她对他有着完全的信任。她现在不去想这一切，就像潜水的人一会儿经过一根水草，一会儿又经过一根稻草、一个水泡，她越潜越深，她又一次有了像在门厅里别人谈话时感到的那种感觉。有某样我想要的东西——我是来拿这样东西的，她闭着眼睛，觉得自己潜得越来越深，但仍然不知道究竟是什么东西。她等待了片刻，一面织着袜子一面在琢磨，慢慢地，晚餐时他们说的那些话开始有节奏地冲击着她的脑海：“月季盛开引来蜜蜂忙采蜜”，随着这冲击，词句就像用灯罩遮着的盏盏小灯，一盏红灯，一盏蓝灯，一盏黄灯，在她脑海深处点亮，它们好像离开了悬挂在上面的横杆，飞舞着，或是高声喊叫引起阵阵回声；于是她转身在旁边的桌子上摸到了一本书。

> 我们所有过去的生活
> 和未来的生活里，
> 都充满了树木和更迭的树叶，

她喃喃地吟诵着，把毛线针插在了袜子上。她打开书开始随便挑着读，她这样做时感到自己忽而在向后爬、忽而在向上爬、忽而推开弯弯地罩在她头顶上的花瓣往上去，结果她只知道这是白的，或这是红的。起初她根本不懂这些字的意思。

> 掌好舵，精疲力竭的水手们，
> 驾着你们的松木小船
> 向这里疾驶

她读完，翻过一页，摆动着身体，曲折前行，从一行跳向另一行，就像从一根树枝跳向另一根树枝，从一朵红白相间的花转向另一朵红白相间的花，一直到一个轻微的声音惊醒了她——那是她的丈夫拍了一下腿。他们的目光在片刻间相遇；但他们不想谈话。他们无话可说，然而仍似乎有某种东西从他传递到了她那儿。她知道，是那本书的生命力，是它的力量，是它那惊人的幽默使他拍起腿来。他似乎在说，不要打扰我，什么也别说，就坐着别动。而他继续读了下去。他的嘴唇在抽动。书全部占据了他，使他坚强。他完全忘记了那晚所有琐碎的嘲笑和挖苦，忘记了干坐在那里看人家没完没了地又吃又喝时那无以言状的无聊，忘记了他对妻子多么烦躁易怒以及当大家忽略不提他的作品，好像它们根本不存在似的，他是多么敏感多么介意。现在他觉得，谁到达Z根本不重要（如果思想也像字母表那样是从A进到Z的话）。总有人会到达Z的——如果不是他，就是另一个人。司各特这位作家的力量和清醒的头脑、他对简单朴素的事物的好感、他笔下的渔民、穆克尔巴基特茅屋中那个可怜的老疯子，这一切都使他感到充满了力量、感到某种解脱，因而产生了振奋和胜利的喜悦之情，使他无法忍住自己的眼泪。他把书举高了一点挡住了脸，听任眼泪流个不住；他左右晃动着脑袋，完全忘记了自己的存在（但并没有忘记一两点想法：关于道德、法国小说和英国小说，司各特不能放手写作，但他的观点也许和另一个观点同样正确）；可怜的斯蒂尼被淹死和穆克尔巴基特的哀伤（这是司各特最拿手的描写）以及小说所给予他的惊人的愉快和强烈的振奋感使他完全忘记了自己的烦恼和失败。

好吧，让他们来改进一下试试，他读完这一章时心里想道。他感到自己一直在和什么人辩论，现在占了上风。不管他们怎么说，他们根本不可能改进这部作品；他自己的地位也变得更稳固了。那些情人们写得不怎么样，他在心里把内容重新回忆一遍，这样想道。哪个不怎么样，哪个是第一流的，他把书中各个部分放在一起比较时想。但是他必须再读一遍。他记不得小说的整体情况了。他只好暂时先不做判断。于是他的思想回到了另外那个问题上——如果年轻人不喜欢这样的书，那么自然他们也不会喜欢他的作品。他不应该抱怨，拉姆齐先生想，一面努力压下想向妻子抱怨年轻人不赞赏他的愿望。他已经决意不再打搅她。这时他看着她读书，她读书时的样子非常安详。他想到大家都出去了，只剩下他们俩单独在一起，很是高兴。他想，男欢女爱并不是生活的全部意义，思绪又回到了司各特和巴尔扎克、回到了英国和法国小说上。

拉姆齐夫人抬起头来，像一个半睡半醒的人，她似乎在说，如果他要她醒过来她会愿意的，真的愿意醒过来的；不然的话，她是否可以接着再睡一会儿，就一小会儿？她正在攀着那些树枝往上爬，一会儿往这边，一会儿又往那边，伸手摸着一朵朵鲜花。

也不要赞美玫瑰的艳红，

她读道，读时她感到自己攀到了顶上，到了最高点。多么令人满足！多么宁静！这一整天的琐碎的事情全都被吸到这块磁铁上；她感到心灵得到净化，一尘不染。这时它出现了，突然整个地呈现在她手中，美丽而理智、清澈而完整，来自生活的精华完美地保留在这里——那就是这首十四行诗。

但是她逐渐意识到丈夫在看她。他好奇地对她微笑着，仿佛是在温柔地嘲笑她竟在光天化日之下睡着了，但同时他又在想，接着看下去吧。你现在看上去不伤感了，他想。他琢磨着，不知道她看的是什么书，他夸大了她的无知，她的单纯，因为他喜欢认为她脑子并不聪明，毫无书本知识。他心想不知她是否看得懂在读的东西。大概不懂，他想。她美丽得惊人。对他来说，如果这种事是可能的话，她的美似乎是越来越增加了。

> 这里似乎仍是冬天，你已远去，
>
> 我与它们游戏犹如和你的影子一起，

她读完了。

“怎么样？”她说道，从书上抬起头来，神思恍惚地跟着他微笑起来。

我与它们游戏犹如和你的影子一起，

她喃喃地说着把书放在了桌子上。

她拿起织着的毛线活，心里在想，从上次看到他独自一个人到现在，究竟发生了什么事情？她记得自己换装、看月亮；安德鲁晚餐时把盘子拿得太高；她因威廉说的什么话而感到沮丧；树上的小鸟；楼梯平台上的沙发；孩子们没有睡着；查尔斯·坦斯利把书掉在地板上吵醒了他们——啊，不对，这是她编出来的；还有保罗有一只软皮表袋放他的表。她应该对他说哪一件事呢？

“他们订婚了，”她说，又开始织起毛袜来，“保罗和明塔。”

“我猜到了。”他说。这件事没什么可多说的。她的思绪仍在随着诗句上下起伏、起伏；他读完关于斯蒂尼的葬礼那部分后仍感到非常振奋坦荡。因此他们默默对坐。这时她开始意识到她希望他能说点什么。

随便什么，随便什么，她继续织着袜子，心里在想。随便说什么都行。

“嫁给一个有只软皮表袋放表的男人，那有多好啊。”她说道，因为那是他们两人之间在一起时爱讲的那类笑话。

他轻蔑地哼了一声。对于这个婚约，他的感觉和对任何婚约的感觉没有什么两样；年轻人根本配不上那姑娘。这时她脑子里慢慢产生了一个疑问，那么人为什么希望别人结婚呢？事物的价值、意义何在？（他们现在所说的每一个字都会是真诚的。）说点什么吧，她想，她就是希望能听到他的声音。因为她感到那个阴影、那个包围他们的东西又开始向她逼拢了。随便说点什么吧，她在恳求，两眼望着他，像是在求助。

他沉默着，来回摆动着表链上的指南针，想的是司各特的小说和巴尔扎克的小说。但他们不由自主地越凑越近，并肩紧挨在了一起，透过因他们之间的亲密而变得朦胧了的墙壁，她能感觉到他的思想如一只举起的手般遮住了她的思想；由于她的思想转向了他厌恶的方向——即他称之为"悲观主义"的方向——他开始烦躁不安，尽管他什么话也没有说，只是抬起手来摸摸额角，捻捻一绺头发，又让它落回原处。

"你今天晚上织不完那只袜子的。"他说着指了指她手里的袜子。她所希望的正是这个——他指责她时声音中的严厉口气。她想，如果他说悲观是不对的，也许那就是不对的；那场婚姻结果会是美满的。

"是的，"她把袜子在自己膝头上抻平，说，"我织不完了。"

下一步是什么？她感到他仍在看着地，但神情已经变了。他想要什么——想要她一直觉得很难给予他的那东西；想要她对他说她爱他。而这一点，不行，她做不到。他说起话来要比她容易得多。有些他能说得出来的话——她永远也说不出口。因此很自然，这类话总是他来说，现在不知为什么他却突然在乎起来，对她加以指责。他称她是个无情的女人；从来也没有对他说过她爱他。但事实并非如此——并非如此。只不过是她从来无法说出内心的感觉，只会说，他的大衣上没有沾上面包渣吗？她没有什么能替他做的事吗？她站起身来，手里拿着那只红棕色的袜子站到窗前，一方面是要背转身子对着他，另一方面也是因为她现在不在乎他看到她在凝视灯塔了。她知道在她转身时他也转过头来；他在看着她。她知道他在想，你比任何时候都更美丽了。而她也感到自己非常美丽。难道你不能对我就说这么一次你爱我？他心里想的是这个，因为他感到亢奋，由于明塔和他的著作，加上一天已近结束，以及他们为到灯塔去的事争吵过。但是她做不到；她说不出口。她知道他在看着她，她没有说话，而是捏着袜子转过身来，凝视着他。她一面凝视着他，一面脸上开始露出了微笑，她虽然一个字也没有说，但是他知道，他当然知道，她爱他。他无法否认这一点。她微笑着向窗外看去，说道（她心里想，世界上没有任何东西能和这份幸福媲美）——

“是的，你是对的，明天会下雨。”她什么也没有说，但他明白她的意思。她微笑地看着他。她又一次胜利了。

第二部　岁月流逝

To the Lighthouse　Virginia Woolf

1

“好吧，我们得等到将来才能知道了。”班克斯先生从平台上走进来，说道。

“天黑得都快看不见了。”安德鲁从海滩上回来，说道。

“简直快分不清哪儿是大海，哪儿是陆地了。”普鲁说。

“咱们让那盏灯点着吗？”他们在屋里脱外衣时莉莉问道。

“不，”普鲁说，“如果大家都进来了，就把灯灭掉。”

“安德鲁，”她回身叫道，“把门厅里的灯灭了吧。”

灯一盏接一盏地全都灭掉了，只有卡迈克尔先生的蜡烛点的时间比别人的长，他喜欢躺在床上读一会儿维吉尔的作品。

2

随着灯被熄灭、月亮落下、稀疏的雨点敲击着屋顶，无边的黑暗开始涌来。似乎没有什么能抵挡这洪流般的无边无涯的黑暗，它从锁孔和缝隙里钻进来，从遮光帘四周溜进来，进入卧室，在这里吞没一只水罐和脸盆，在那里吞没一盆红色和黄色的大丽花，以及五斗柜鲜明的轮廓和巨大结实的柜体。不仅家具混淆难辨；人的身心也几乎没有留下什么可供辨别，使人能说出“这是他”或“这是她”。有时有一只手抬了起来，好像想抓出什么东西或挡开什么东西，或有人哼哼，有人大笑，仿佛和一片空虚在分享着一个笑话。

客厅里、餐厅里、楼梯上都没有丝毫动静。几丝脱离了风的躯体的微风，只能从生了锈的铰链和因海边空气潮湿而膨胀了的房屋木质建筑部分（房子毕竟已是东倒西歪的了）溜着犄角闯进屋子里来。人们几乎可以想象它们在进入客厅时的满心疑问和惊奇，玩弄着垂挂在墙上的壁纸，问道，这壁纸还能再在墙上垂挂多久，什么时候会掉下来？然后它们平和地拂过墙面，沉思着继续向前，仿佛在问壁纸上红色和黄色的玫瑰它们会不会枯萎，询问（轻缓地说着，因为它们时间很多）废纸篓里撕碎了的信、鲜花和书籍，所有这一切这时都敞开在它们面前，并且在问，它们是伙伴吗？它们是敌人吗？他们还能持续多久？

偶然会从一颗未被遮住的星星、漂泊的船只或甚至从那座灯塔射来一道光，在楼梯和脚垫上留下它苍白的脚步，指引着微风爬上梯级、小心地在卧室门旁伸头探脑。但是在这里它们无疑必须停下来了。别的任何东西都可能会死亡和消失，躺在这里面的却是永远不变的。在这儿人们会对那些流动的光影、那些弯向睡床发出轻声低语的四处寻觅的微风，在这里你们既不能产生影响也不能造成破坏。它们仿佛有着轻如羽毛的手指和韧如羽毛的意志，听到这些话后便有气无力地、幽灵般地再看一眼那些闭着的眼睛和微握的手指，有气无力地拉紧它们的衣衫，从卧室里消失了。于是，它们探探寻寻、挤挤蹭蹭，来到了楼梯平台的窗口、仆人的卧室、阁楼上的小屋；它们又飘然而下，镀白了餐桌上的苹果、触摸着玫瑰的花瓣、尝试着晃一晃画架上的画幅、扫过脚垫将一些沙子吹散在地板上。最后，它们终于断了念头，一起停了下来，聚集在了一起，一起叹了口气；它们一起发出了一股无由的悲叹，厨房中的某一扇门对此做出了响应；它大敞开来，但什么也没有进来，又砰的一声关上。

［这时一直在读维吉尔作品的卡迈克尔先生吹灭了蜡烛。午夜已过。］

3

但是，一个夜晚究竟意味着什么？一个短暂的片刻，特别是当黑暗这样快就消失、鸟儿这样快就开始歌唱、公鸡啼鸣，或波谷深处渐渐泛出淡淡的绿色，就像一片变绿的树叶。然而，夜晚过去仍有新的夜晚。冬季储存了大量的黑夜，并用不知疲倦的手指将它们平等地、均匀地分发出去。夜变得越来越长，越来越黑。有些夜晚明亮的行星高悬空中，如晶莹的圆盘。秋天的树木虽遭严冬的摧残，在星光下看上去很像在教堂阴冷地窖的昏暗中闪光的扯碎了的旗帜，在地窖里大理石的书页上刻着金字，记叙了战争中的死亡以及尸骨如何在遥远的印度的沙场上被火一样的骄阳晒褪了颜色。秋天的树木在黄色的月光下微微闪光，在秋收后的第一次满月的光辉下，这光辉使劳动的精力更充沛，抚平收割后布满茬儿的田野，带来蓝色的海浪拍击海岸。

这时，仁慈的上帝似乎被人类的忏悔和辛劳艰苦所感动，拉开了天幕，展现出幕后唯一的、独特的东西，那直立的野兔；风浪渐息；船儿轻摇，这些东西如果是我们应得的奖赏，就应永远属于我们。但是，唉，仁慈的上帝拉动了绳索将天幕合上；他感到不悦；他用一阵冰雹将他的珍宝盖起，把它们击碎、搅乱到似乎再也无法恢复其平静的程度，我们也永远不能用这些碎片再构出一个完美的整体，或从四下乱扔的纸片上读到清晰的真理的词句。因为我们的忏悔只配得到这瞬间的一瞥；我们的辛劳艰苦只配得到这暂时的喘息。

现在，夜里充满了狂风和毁灭；树木前俯后仰，落叶四处乱飞，直到厚厚地铺满草坪、塞满边沟、堵住排水管、撒满潮湿的小径。同时，大海波浪翻腾、惊涛拍岸，如果哪个在睡觉的人幻想他也许能在海滩上为自己的疑问找到答案，或者找到能和他分享孤独的人，因而掀开被子独自走下沙滩去徘徊，他会发现没有任何像要极其敏捷地为他效劳的身影出现在他手边，来恢复这黑夜的秩序，使世界反映心灵的航向。那只手在他的手中缩小；那声音在他耳际轰鸣。怎么啦？为什么？原因何在？躺在床上睡觉的人往往会被吸引要寻求这些问题的答案，但是看来在这样的一片混乱之中，向黑夜提出这些问题几乎是毫无用处的。

［在一个昏暗的早晨，拉姆齐先生伸出双臂跌跌绊绊地沿过道走来，但是拉姆齐夫人已在头一天晚上突然去世，他伸出了双臂。没有人投入他的怀抱。］

4

房子空了，门锁上了，床垫卷起来了，于是那漂泊的微风、大队伍的前锋便一拥而入，扫过光秃秃的板壁，这儿咬咬、那儿扇扇，在卧室和客厅里没有遇到完全抵抗它们的东西，只有挂在墙上啪嗒啪嗒响的帘帷，吱吱嘎嘎的木板，裸露的桌腿，已经生了水锈、失去光泽、有了裂纹的平底锅和瓷器。人们脱下丢弃的东西——一双鞋子、一顶打猎戴的帽子、衣橱里一些褪了色的裙子和上衣——只有它们在这空空的世界里还保留了人的形状，显示它们曾一度被人体填满过、充满了生命；人的手曾忙碌地摆弄过它们的挂襻和纽扣；镜子里曾映出过一张面孔；映出过一个虚幻的世界，那里一个身影在转动，一只手一闪，门开了，孩子们跌跌撞撞地冲了进来又离去。而如今，日复一日，光线变化，在对面的墙上投下清晰的图像，宛如一朵花在水中的倒影。只有在风中舞动的树影在墙上躬身致意，一时遮暗了反射阳光的水池；或许小鸟飞过，形成一个柔和的黑影，慢慢扑动着掠过卧室的地板。

就这样，美统治了一切，和静寂一起构成了美本身的形态，这是生命已经离去后的美；如从火车车窗中看到的黄昏时的水池，遥远、孤单、稍纵即逝，在暮色中显得苍白，尽管曾被看到过，却依然孤独。美和静寂在卧室里拉起手来，在盖着防尘罩布的水罐和椅子间，就连风的窥探和海边潮湿空气的温柔触摸、蹭擦、嗅闻、再三反复重复它们的问题——“你们会褪去颜色吗？你们会消亡吗？”——也并未能扰乱这宁静、冷漠和完美的一体性气氛，似乎它们提出的问题几乎没有必要由他们来回答：我们继续存在。

似乎没有任何东西能够破坏那个形象，玷污那份纯真，或搅乱那支配一切的寂静的幕罩，这幕罩一个又一个星期地在空空的房间里把鸟儿渐渐低落的啼叫、轮船的汽笛声、田野里低沉的嗡嗡声、狗吠、人喊和自己交织在一起，并用它们把寂静的房子包裹起来。只有一次一块木板翘裂起来落到楼梯的平台上；半夜时分，轰的一声，木板断裂，仿佛在多少个世纪的静止后，一块岩石从山上崩裂开轰隆隆向山谷猛冲而去，幕罩的一角松开了，来回摆动。然后宁静又一次降临；阴影摇动；日光崇拜地弯向自己投在卧室墙上的影子；当迈克纳布太太按照吩咐来开开窗户，打扫卧室时，她用长时间浸泡在洗衣盆中的两只手撕破了寂静的幕罩，又用嘎吱嘎吱地踏过卵石的靴子把它碾得粉碎。

5

她唱着歌，东倒西歪地（因为她像海里的船一样左右摇晃）斜着眼睛四下里张望（因为她的眼睛从不直接看任何东西，而是斜着瞟上一眼，以表示对这个世界的奚落和愤怒及不满——她没脑子，这她知道），抓着楼梯扶手用力把自己拽上楼去，摇晃着从一个房间走到另一个房间。她擦着长镜子的玻璃，斜瞟着自己摇摆的身影，嘴里发出了一个声音——二十年前这也许是舞台上一支欢快的曲子，曾被人哼过，随着它的旋律跳舞，但是现在出自一个头戴无檐女帽、牙齿掉光了的看房女人之口，就失去了任何意义，像愚蠢、幽默、固执本来的声音，被践踏下去但又蹦了起来，因此在她蹒跚着掸掸擦擦的时候，她似乎在诉说生活整个是一个漫长的愁苦和烦恼，是起床又睡觉，把东西拿出来又放回去的反反复复的过程。活在这个她生活了近七十年的世界上可不是容易或舒适的。她已经累弯了腰。还要多久，她浑身骨头吱嘎响，哼哼着跪在床下擦地板时自问道，这样的日子还要持续多久？但是她又一瘸一拐地站了起来，又一次站在镜前，斜眼看着镜子里面，但她的目光从自己脸上一滑而过，避开了自己的脸、自己的愁苦，茫然地微笑着，并又开始像老样子慢慢蹒跚着走来走去，拿起垫子、放下瓷器、斜眼看看镜子，仿佛她毕竟有着自己的安慰，仿佛在她的挽歌中交织着一些顽存的希望。在洗衣盆前必定也有过快乐的梦幻，比如说和孩子们一起（然而两个是私生子，一个弃她而去）、在小酒店里喝酒、翻动抽屉里宝贝的小零碎。茫茫黑暗中必定有过裂缝，在朦胧的深处有某种渠道可以使足够的光线穿过，使她的脸在镜中扭动现出笑容，使她重新回头干活的时候含糊地哼唱出杂耍剧场的那首老歌。与此同时，神秘者、幻想者在海滩上漫步，搅搅一个水潭、看看一块石头，并且问自己，“我是干什么的？”“这是什么？”突然他们得到了一个答案（但答案究竟是什么他们说不出来）：于是他们在严寒中感到温暖，在沙漠中得到安慰。而迈克纳布太太则依旧喝她的酒扯她的闲话。

6

一个没有一片树叶可供摇曳的春天，光秃明亮像个处女，她的贞洁使她凛然，她的清白使她蔑视一切，这个春天横陈在田野上，天真而警觉，完全不顾看到她的人在做些什么，想些什么。

［那年五月，普鲁·拉姆齐倚着父亲的胳膊走到圣坛前出嫁了。人们说，哪儿有更合适的一对呀，他们还说，她看上去有多漂亮！］

随着夏天的临近，黄昏变长了，睡不着觉的、充满了希望的人们在海滩上散散步，搅搅水潭，最奇特的想象——血肉之躯变成了随风飘散的微粒，星星在他们心中闪光，山崖、大海、浮云、天空——都被有意识地聚拢，来把内心四分五裂的幻象拼出一个外在的图形。在那些镜子中，在人们的心里，在那些不平静的水潭中，浮云永不停息地变化并投下阴影，夜梦依旧，却仍无法抗拒每一只海鸥、每一朵花、每一棵树、每一个男人女人以及苍茫大地本身似乎在发出的奇特的暗示（但如受到诘问便会立即收回）：善良必定胜利，幸福无所不在，秩序支配一切；也无法抗拒那巨大的激励，要去四处探访，寻找某种绝对的善，某种强烈感情的结晶，它远离已知的乐趣和熟悉的美德，迥异于家庭生活的过程，它独一无二，坚硬明亮，像沙砾中的一颗钻石，使拥有它的人安全放心。此外，伴着蜜蜂的嗡嗡和蚊虫的飞舞，春天变得柔和顺从，她披上斗篷，把眼睛罩在面纱之下，转开头，在飘逝的云影和阵阵细雨中仿佛承担起了对人类悲哀的认知。

［普鲁·拉姆齐那年夏天死于与分娩有关的某种疾病，这真是一个悲剧，人们说。他们说她比谁都更应获得幸福。］

现在，在夏季的酷热下，风又把它的探子派到了房子的各处。飞虫在阳光充足的房间里结网；玻璃旁边长出的野草在夜里有板有眼地敲击着窗玻璃。暮色到来之时，在黑暗中曾如此威严地把光柱投到地毯上、勾出它的图案的灯塔的光，此时交织着较为柔和的春光及月光轻轻滑进屋来，仿佛在温存抚爱，悄悄流连，深情注视，然后又满怀爱意地回来。但就在这爱抚带来的宁静中，那长长的一道光正斜倚在床上，突然岩石崩裂；幕罩的另一角松开了；它垂在那儿，摆动着。经过短暂的夏夜和漫长的白昼，当空屋似乎和着田野的回声及飞虫的嗡嗡发出低语时，那长长的下垂的幕罩的一角微微摇动，漫无目的地摆来摆去；而阳光在房间里投下窗格的影子，使房间弥漫着朦胧的黄色，以至当迈克纳布太太闯进来四处蹒跚着扫地擦去尘土时，她看上去活像一条在射进了阳光的水中游动的热带鱼。

夏季稍后时分，尽管空宅可能睡觉、可能酣睡，但仍会有不祥的声音传来，像铁锤有节奏地敲在垫着毡子的东西上的闷响声，而反复的震动进一步使幕罩松开，震裂了茶杯。不时碗橱里传来玻璃杯的叮咚声，仿佛有个巨大的声音在痛苦地尖叫，震得碗橱里的平底无脚酒杯也颤动起来。然后又是一片寂静；就这样，夜复一夜地过去，有时就在光天化日的正午时分，玫瑰花正鲜艳地开放，阳光在墙上投下清晰的影子，突然仿佛什么东西发出砰的一声，落入了这一片静寂、一片冷漠、一片完整之中。

［一枚炮弹爆炸。有二三十个年轻人在法国被炸得血肉横飞，其中有安德鲁·拉姆齐，幸运的是，他没有痛苦，当下就死去了。］

在那个季节，那些去到海滩上散步、向大海和苍天询问它们能报告些什么信息，或能证实什么想象的人们，不得不去琢磨天赐的大量通常的征象——海上的日落、灰白的黎明、月亮的升起、月下的渔船、儿童互相扔草打来打去——从中寻找与这种欢乐、这种宁静不协调的因素。例如，有一艘悄没声息、幽灵般的灰白色船只驶来又离去；在平静的海面上出现了略带紫色的一片水面，好像在它下面看不见的地方什么东西在出脓流血。它们闯进了本打算激发最庄严的思索、导致最令人感到安慰的结论的景象，使人们停下了脚步。很难无动于衷地无视它们的存在，不顾它们在这一景色中所具有的意义，或继续在海边散步，惊叹外在的美如何反映了内在的美。

在人类取得的进展中，有大自然所做的补充吗？人类开始的工作，是它去完成的吗？它以同样满足的心情去看人类的苦难，宽容他的卑劣，默许他所受到的折磨。那么，那个盼望分享分担一切、实现完满、孤独地在海滩上寻求答案的梦想只不过是镜中的影子，而且那镜子本身也许只不过是更为高尚的力量在下面沉睡时，于静止中形成的表面上的一层光亮的玻璃物质而已？焦急、绝望、然而又不愿离去（因为美呈现出它特有的魅力，有着它的安慰作用），再在海滩上漫步已不可能；独自沉思已难于忍受；镜子已经打破了。

[卡迈克尔先生在那年春天出版了一本诗集，获得了未曾料想到的成功。那场战争，人们说，使他们重新对诗歌产生了兴趣。]

7

无论冬夏，一夜又一夜，暴风雨的肆虐和晴天时箭一般的寂静不受任何干扰地主宰一切。从这所空宅楼上的房间里倾听（如果还有人在那里倾听的话），能听到的只有无边的混沌中道道闪电夹着雷鸣翻腾起伏，狂风和巨浪尽情嬉戏，像脑袋里从未穿进过理智之光的海怪们在做着愚蠢的游戏，他们有着变化不定的巨大躯体，爬到对方的身上层层叠起，在黑暗中或天光下（因为夜与日，月与年没有定型地搅在了一起）猛冲猛刺跌入水中，直到似乎整个宇宙都在兽性的混乱和放纵的贪欲中独自漫无目的地搏斗翻滚。

春天，随风飘来的种子使花园的花瓮依旧鲜花盛开。先是紫罗兰，再是黄水仙。但是白天的寂静和明亮与黑夜的混沌和喧嚣同样奇特，树木站在那里，花也站在那里，看着前方，看着上方，但是什么也没有看见，没有眼睛，因而非常可怕。

8

迈克纳布太太弯腰摘了一把花准备带回家去，她觉得这样做没有关系，因为这家人不会回来了，有人说他们再也不会回来了，也许在米迦勒节前后就会把房子卖掉。她在打扫房间时把花放在了桌子上。她喜欢花。白白糟蹋了怪可惜的。就算房子卖掉了（她两手叉腰站在镜子前），也得有人照看——肯定得有。这么多年它一直空在那里。书籍和东西都发霉了，由于战争，也由于很难找到帮手，这幢房子一直没能按她希望的那样好好打扫干净。现在靠一个人的力量来把它收拾整齐是不可能的了。她年纪太大了。她的两条腿总是很痛。所有那些书都需要摊在草地上晒晒；过厅里的墙皮剥落；书房窗外的雨水管堵死了，水渗进了屋子；地毯已破旧不堪。可是他们这家人应该自己来料理一下；应该派个人来看一看。因为柜子里还有衣服；每个卧室里都有留下的衣服。她该怎么处理这些东西？衣服已经被蛀了——拉姆齐夫人的东西。可怜的太太！她永远不会再需要它们了。人家说她已经死了；好多年前，死在伦敦。那儿是她穿着收拾花园的一件灰色旧斗篷（迈克纳布太太伸出手指摸了摸）。她仍然能够看到那个情景：当她拿着洗好的衣物从车道上走过来时，看见拉姆齐夫人弯着身子在侍弄花（现在花园是一片凄凉景象，杂草丛生，兔子从花圃向你冲过来急忙逃窜）——她仍能够看到她穿着那件斗篷，身边总跟着一个孩子。还有靴子和鞋子在那里；梳妆台上还留下了一把刷子和梳子，简直就像她打算明天要回来似的。（他们说她最后死得十分突然。）有一次他们都要回来了，可是又延期了。由于战争，再加出行太困难，这么些年他们一直没有回来；只把钱给她寄来；但从不写信，从没回来过，却指望着一切和他们离开的时候一样，咳，真是的！怎么回事，梳妆台的抽屉里全是东西（她拉开了抽屉），手绢、一截截的丝带。是的，当她拿着洗好的衣物从车道上走过来时，仍能看到拉姆齐夫人。

“晚上好，迈克纳布太太。”拉姆齐夫人会这样说。

她待人一向亲切和蔼。女仆们都喜欢她。可是天哪，从那时以来，发生了多少变化啊（她关上了抽屉）；许多家庭失去了亲人。她死了；安德鲁先生牺牲了；普鲁小姐也死了，他们说是生第一个孩子时死的；不过这些年里大家都失去了亲人。物价厚颜无耻地飞涨，而且从不回落。她能很清楚地记得她穿着灰斗篷时的样子。

“晚上好，迈克纳布太太。”她说，然后告诉厨娘给她留一盘奶油汤——她觉得她拿着重重的一篮子衣服一直从镇上走来，挺需要吃点什么。她现在还能看见她，弯着身子在侍弄花；（有点模糊，忽隐忽现，像一道黄色的光束，或是望远镜末端的光圈，一位穿着灰色斗篷的夫人，弯着身子在侍弄花；当迈克纳布太太慢慢蹒跚着打扫房间，整理东西的时候，这个身影就在卧室的墙上、梳妆台上、脸盆架上徘徊飘忽。）

那厨娘叫什么名字来着？米尔德里得？玛丽安？——类似的一个名字。唉，她忘了——她是爱忘事了。记得她暴躁得很，红头发的女人都这样。她们许多次在一起开怀大笑。她在厨房总是很受欢迎。她能逗大家笑，真是这样。那时候情况比现在好。

她叹了口气；光让一个女人来干，这活可太多了。她这边那边地晃着脑袋。这里原来是育儿室。哎呀，这里面这么潮；墙皮开始往下掉了。他们干吗要在那里挂个野兽的头骨？而且也长霉了。阁楼的房间里到处是老鼠。雨水漏了进来。可是他们从来没有派人来；他们也不来。有的锁没了，因此门撞得砰砰响。她也不愿意黄昏的时候独自一个人待在这里。光让一个女人来干，实在是够呛，够呛，太够呛了。她咯吱作响地移动着身子，哀叹着。她砰地关上了门。她用钥匙把门锁好，留下了一所门窗紧闭、上了锁的孤零零的屋子。

9

屋子被遗弃在那里，无人居住。它像被遗弃在沙丘上的一个贝壳，当生命离开了以后，只能听任干盐粒灌入其中。漫长的黑夜似乎已经来到了；嘲弄的微风咬啮着，冷湿的空气四处摸索，似乎已经胜利了。平底深锅生了锈，垫子烂了。癞蛤蟆伸头探脑地爬进了屋子。挂着的那条披巾有气无力地、无聊地摆来摆去。一根蓟草从食品储藏室的瓦缝里长了出来。燕子在客厅里筑巢；地板上到处是稻草；墙皮大片大片地剥落下来；椽子露了出来；老鼠把这样那样的东西衔到护壁板后面去啃。玳瑁色的蝴蝶从蛹中钻出，啪嗒啪嗒地一个劲儿往窗玻璃上撞，直到力竭而亡。罂粟花在大丽花间自生自长；草坪上长得很高的野草随风摆动；巨大的洋蓟耸立在玫瑰之中；一株花瓣边缘有着不同颜色的石竹花在卷心菜地里盛开；平日里野草轻叩窗子的声音在冬夜变成了茁壮的树木和带刺的蔷薇的敲击声，在夏天它们则把整个房间映得一片青翠。

现在有什么力量能阻止大自然的丰饶多产、麻木冷酷？是迈克纳布太太对一位夫人、一个孩童或一盘奶油汤的那个梦吗？它像太阳洒下的一个光点，在墙上飘忽片刻后就消失了。她已经锁好了门；她已经走了。这不是一个女人力所能及的，她说。他们从来没有派人来过。他们从来没有写过信。在宅子的抽屉里东西在霉烂——就这样把东西丢下不管，真不像话，她说。那地方全要毁掉了。只有灯塔的光束照进房间一小会儿，它的目光在黑暗的冬夜突然投到床上和墙壁上，泰然地看着那根蓟草和燕子，老鼠和稻草。没有什么来阻挡它们；没有什么对它们说不行。让风去吹吧；让罂粟花自己去繁殖、让石竹和卷心菜杂交吧。让燕子在客厅筑巢、让蓟草从瓦缝里长出来、让蝴蝶在扶手椅褪了色的擦光印花布套上晒太阳吧。让破玻璃和瓷器的碎片躺在草坪上被草和野浆果缠结覆盖吧。

因为那个时刻已经到来，那是个踌躇不定的时刻：黎明颤抖、黑夜停步，如果一根羽毛飘落到天平的一端就会使天平倾斜。只要一根羽毛，这幢正在下沉、倒塌的房子就会翻转过来一头栽进黑暗的深渊。在毁坏了的房间里，来野餐的人会点火烧水；情人们会到这里来寻找幽会的场所，躺在光秃秃的木头地板上；牧羊人把午餐存放在砖堆上；流浪汉在这里过夜，裹着大衣御寒。然后屋顶可能会塌下来；蔷薇和毒芹会封住小径、台阶和窗户；会长短不齐地在土堆上长得枝繁叶茂，直到某个迷路的人闯了进来，只能凭荨麻丛中的开花的芦苇，或毒芹丛中的一片碎瓷来推测这儿曾经有人居住过；曾经有过一幢房子。

如果那根羽毛落了下来，如果它使天平倾斜，这整幢房子就会栽进深渊，躺在那里被岁月遗忘。但是有一股力量在起作用；这是种并不十分有意识的力量；它侧目斜视、步履蹒跚；这种力量工作时并不为庄严的仪典或神圣的颂歌所鼓舞。迈克纳布太太呻吟抱怨；巴斯特太太一动就浑身吱嘎响。她们老了；她们动作不灵活了；她们的腿疼痛不已。她们终于拿着扫帚和提桶来了；她们动手干了起来。突然，年轻小姐中的一个写信来，迈克纳布太太是不是能把房子收拾好：她能不能做到这一点；能不能做到那一点；而且要赶紧办好。他们可能要来度夏；他们把什么都留到最后才来办；还指望什么都和他们离开的时候一样。迈克纳布太太和巴斯特太太缓慢地、吃力地用扫帚和提桶又拖地又擦洗，挡住了屋子继续朽烂下去；从岁月之潭中一会儿救出一个即将淹没的脸盆，一会儿又是一个碗柜；有一天早上她们从被遗忘的角落里拣出了那些韦弗利小说和一套茶具；下午又让一个铜壁炉围栏和一套钢质火炉用具重见了天日。巴斯特太太的儿子乔治负责捉老鼠、修剪草坪。她们找来了建筑工人，修好了吱嘎作响的铰链，吱扭吱扭的插销，受潮发胀的木器上撞得砰砰响的关不上的门。而这两个女人，一会儿弯腰、一会儿站起，呻吟着、唱着、乒乒乓乓，刚刚还在楼上，一会儿又到了地窖里，似乎这个地方正经历着一场缓慢艰难的新生。她们说，啊，这活真够呛！

她们有时在卧室或书房里喝茶；中午她们休息，脸上沾着污垢，年老的手因为老攥着扫帚把手指头都伸不直了。她们跌坐在椅子里，一会儿想到对水龙头和浴缸的辉煌征服；一会儿又想到对那长长的一排排的书的更为艰苦的部分胜利，那些书原来是乌黑的，现在长了白霉斑，生出了灰白的蘑菇，隐藏着诡秘的蜘蛛。迈克纳布太太感到喝下的茶使她浑身暖乎乎的，于是望远镜又一次自动放到了她眼前，她在一圈光亮中看到了那个瘦得像个耙子的老先生，当她拿着洗好的衣服走近时，见他摇头晃脑地在草坪上，想来是在自言自语。他从来没有注意过她。有人说他已经死了；又有人说是她死了。究竟死的是谁呢？巴斯特太太也说不准。那个少爷死了。这一点她是肯定的。她在报纸上看到过他的名字。

现在出现的是那个厨娘，米尔德里得，玛丽安，反正类似的这么个名字——一个红头发的女人，和所有红头发的人一样，性格急躁，可是如果你摸熟了她的脾气的话，她也会非常和蔼。她们许多次在一起开怀大笑。她为玛吉留盘汤；有时候留点火腿；或者随便什么剩下来的东西。那时候他们日子过得很好。需要的东西什么都有（喝下了热茶，坐在育儿室壁炉围栏边的柳条扶手椅中，她毫不费力地、愉快地松开了记忆的线球）。那时总有许多活干，宅子里常常住着客人，有时候有二十个人住在这里，半夜过后好久还在洗餐具。

巴斯特太太（她不认识他们；那时候她住在格拉斯哥）放下茶杯，她很奇怪，他们到底为什么要把那个野兽的头骨挂在哪儿？肯定是在外国什么地方打猎弄来的。

很可能，迈克纳布太太说，仍纵情沉浸在回忆之中；他们在东方的国家里有朋友；先生们留在那里，女士们穿着晚礼服；有一次她从餐厅门看见他们都坐在那儿吃晚饭。她敢说有二十来个人，都戴着首饰，她给留下来帮着洗餐具，可能一直干到了半夜以后。

唉，巴斯特太太说，他们会发现这里变样子了。她把身子探出窗外，看着儿子乔治用长把大镰刀割草。他们很可能会问，这草坪怎么搞的？想想看，老肯尼迪本该负责的，可是自从他从马车上摔下来以后，腿就不行了；后来可能有一年，或至少大半年的工夫根本没有人管；然后戴维·麦克唐纳来了，可能订购过种子，但是谁知道种下去了没有？他们会发现这里变样子了。

她看着儿子割草。他干活真是个好手——是不声不响干活的那种人。唉，她觉得她们得去收拾碗柜了。她们费劲地站了起来。

终于，经过了在屋子里好几天的收拾和在园子里又割草又挖地之后，掸帚不再在窗户上轻拂，窗子都关上了，屋子里所有的门都锁上了；大门砰的一声关上了；活干完了。

这时，好像一直被打扫、擦洗、用大镰刀和机器割草的声音所淹没的那隐隐约约的旋律又出现了，那时断时续的乐声虽然进入了人们的耳朵但未被人们注意；狗吠声，羊的咩咩声；没有规律、时断时续，然而却不知怎的相互关联；昆虫的鸣叫、割过的草的轻颤，彼此分开却又似乎亲密共属；金龟子刺耳的嗡嗡、车轮的吱嘎声，一高一低，却神秘地相互关联；耳朵使劲要把这些声音汇在一起，总是几乎就要达到和谐但却从未能完全听清、从未能达到完全的和谐。最后，到了黄昏时分，这些声音一个接着一个消失了，和声开始迟疑断续，寂静降临。随着日落，鲜明的轮廓消失了，宁静如薄雾般升起、四处弥漫，风停了；世界放松了，安顿下来睡觉了，在这儿一盏灯也没有，一片黑暗，只有透过树叶的绿光，或窗旁白色花朵上泛出的灰白。

［莉莉·布里斯柯在九月份一个深夜让人把她的旅行包提到这幢房子前。卡迈克尔先生乘同列火车到达。］

10

和平真的来到了。和平的信息从海洋吹到了陆地上。再也不会惊醒它的睡梦，而只会使它更平静地深深安息，无论熟睡的人们做着什么样神圣的、有见识的梦，都只会是证实这一点——它还会喃喃低语些什么别的事呢？——莉莉·布里斯柯在那间干净静寂的房间里，头放在枕头上，听见了大海的涛声。从开着的窗子传来了美丽的世界的喃喃低语，声音轻得听不清在述说着的是什么——不过如果意思清楚明白，听不清又有什么关系？——恳求睡梦中的人（房子里又住满了人；贝克威斯夫人住下了，还有卡迈克尔先生），即使不能真的到海滩上去，至少也要撩起窗帘向外面看一看。那时他们会看到夜披着紫袍飘然而下；头戴王冠；王杖上镶满宝石；他的眼中会出现孩子般的神情。如果他们仍在犹豫（莉莉旅行累了，几乎立刻就睡了，但是卡迈克尔先生在烛光下看书），如果他们仍拒绝，说夜的壮丽如雾气般虚无，露珠都要比他有力量，他们情愿去睡觉；那么那个声音会既不抱怨也不争论地轻轻地唱起自己的歌。海浪轻轻地拍击海岸（莉莉在睡梦中听到了这声音）；夜光轻柔地落下（仿佛透过了她的眼睑）。卡迈克尔先生合上书，心里想，看上去一切都和多年前一样，他进入了梦乡。

当夜之幕将这幢房子裹起，也裹起了贝克威斯夫人、卡迈克尔先生、莉莉·布里斯柯，使他们眼上蒙着层层黑暗躺在那儿之时，那声音可能仍会继续问，为什么不接受这一切，满足于这一切，默许并顺从于这一切呢？茫茫大海有节奏地拍击小岛四周的叹息声抚慰着他们；夜幕包围着他们；没有任何东西惊扰他们安眠，直到鸟儿开始醒来、黎明把它们尖细的唧唧声织进自己的白色之中；大车的吱嘎声，什么地方一条狗的叫声，太阳撩起了黑暗的帷幕，撕破了遮在他们眼睛上的黑纱，于是睡梦中的莉莉·布里斯柯微微一动。她一把抓住毯子，像个落下悬崖的人死抓着崖边的草皮。她睁大了眼睛。她笔直地从床上坐起，心里想，她又回到这里来了。她完全醒来了。

第三部　灯塔

To the Lighthouse　Virginia Woolf

1

那么，这是什么意思，这一切可能是什么意思？莉莉·布里斯柯问自己，琢磨着既然只剩下她一个人了，她是该自己到厨房去再倒一杯咖啡呢，还是该等在这里。这是什么意思？——这是一句什么书上看来的时髦话，有点适合她当时的思想，因为在和拉姆齐一家人一起的这第一个早上，她无法搞清自己的感情，只能让这个句子一再回响脑际，来掩盖脑子里的一片空白，直到忧郁的感觉减轻。因为，真的，这么多年以后重返旧地，拉姆齐夫人又已去世，她究竟感觉如何？什么也没有，什么也没有——她什么也表达不出来。

她昨夜到得很晚，周围一片神秘的黑暗。现在她醒来了，坐在早餐桌旁的老位子上，但是只有她独自一人。现在时间还很早，不到八点钟。计划去远游——他们要到灯塔去，拉姆齐先生，卡姆和詹姆斯。他们应该已经出发了——他们得赶涨潮什么的。可卡姆还没准备好，詹姆斯还没准备好，南希忘了预订三明治，拉姆齐先生发了脾气，一摔门走了。

“现在去还有什么用？”他大发雷霆道。

南希没影了。拉姆齐先生在那儿，怒冲冲地在平台上走来走去。好像听见整幢房子里都是砰砰的摔门声和叫喊声。现在南希冲了进来，四面一看，神情古怪，半茫然半急迫地问道，“该给灯塔上的人带点什么去呢？”好像她在迫使自己去做一件她根本没有信心能做好的事。

真的，给灯塔上的人带点什么去呢？在任何别的时候莉莉可以合情合理地建议带茶叶、烟草、报纸。但是今天早上一切显得如此出奇的怪，以至像南希的这么个问题——该给灯塔上的人带点什么去呢？——竟然在她的心里打开了一扇扇的门，它们晃来晃去，撞得砰砰响，使她不断傻呆呆地问，带点什么去？该怎么办？我究竟为什么坐在这里？

独自面对长长的餐桌上干净的杯子坐着（因为南希又出去了），她感到和别的人隔绝了，只能继续观望、提问、琢磨。这所房子、这个地方、这个早晨，似乎对她都是陌生的。她感到自己不属于这里，和这里没有关系，什么事都可能发生，而不论发生什么事——外面有脚步声，一个声音在喊（“没在碗柜里；在楼梯平台上”，有人喊道）——都是个疑问，仿佛通常将事物联系在一起的环节已被割断，它们飘上飘下，随处飘动。她看着空咖啡杯，心里想，一切都是多么漫无目的，多么混乱和虚幻。拉姆齐夫人死去了；安德鲁牺牲了；普鲁也死了——尽管她重复着这些话，却并没有引起她的感情。我们都在这样一个早晨一齐聚集到这样一所房子里，她说，眼睛看着窗外——这是个美丽宁静的早晨。

突然拉姆齐先生经过时抬起头直视着她，目光狂热激动，然而十分犀利，仿佛他第一次、刹那间看到了你，就成了永恒；为了避开他，她拿起空杯子假装喝咖啡——避开他对她的要求，把那个迫切的需求再推延片刻。他对她摇摇头，继续往前走去（“孤零零的”，她听见他在说，“死了”，她听见他在说），和这个奇特的早晨的别的一切一样，这些字句也成了象征，写满了那灰绿色的墙壁。要是她能把它们串在一起，她觉得，把它们用句子写出来，那么她就能掌握事物的真谛。老卡迈克尔先生轻轻地走了进来，倒了一杯咖啡，端着杯子走出去坐在太阳底下。那惊人的非现实令人既害怕又激动。到灯塔去。可是给灯塔上的人带点什么去呢？死了。孤零零的。对面墙上的灰绿色的光。空着的座位。这就是一些零散的部分，但怎样把它们串在一起呢？她问道。好像任何干扰都会打碎她在桌上建起的脆弱的形体，她转身背对着窗子，怕拉姆齐先生会看见她。她必须想法离开，独自躲到什么地方去。突然她记起来了。当她十年前最后坐在这里时，在桌布上有过一根小树枝或是树叶的图案，她曾在受到启示的那一刻凝视过它。当时关于一幅画的前景布局上有点问题。她曾说把树往中间挪一挪。她一直没有画完那幅画。这些年来它一直在她脑子里转。现在她再来画吧。她的颜料在哪儿？她心里想。她的颜料，对了，她昨晚留在门厅里了。她马上就动手画。在拉姆齐先生回转过来之前她很快站起身来。

她给自己端了一把椅子，以十足的老处女式的动作在草坪边上支起了画架，离卡迈克尔先生不能太近，但仍在受他保护的范围之内。是的，十年前她就是站在这个地方。那儿是墙；那树篱；那棵树。问题是这几片物体之间的关系。这么些年以来她心里一直惦记着这件事。看来现在她有了答案了：她知道她该怎么办了。

但是拉姆齐先生这样向她逼近过来，她什么事也干不了。每一次他走近她时——他正在平台上走来走去——毁灭就走近她，混乱就走近她。她没法作画。她弯下腰，她转过身子；她拿拿这块抹布；她挤挤那管颜料。但她仅仅能一时挡开他。他使得她什么事情也干不下去。因为如果她给他丝毫机会，如果他看见她有片刻空闲，往他那个方向看了一眼，他就会没完没了，像昨晚那样，说："你看我们有很大变化吧。"昨晚他站身起来，在她面前停下，说了那么句话。尽管那六个孩子坐在那里瞪着眼睛没有出声——他们以前用英国国王和女王的名字叫这几个孩子：红发的××，美丽的××，邪恶的××，冷酷的××——但她能感到他们心里非常生气。好心的老贝克威斯太太说了几句明白事理的话。但是这幢房子里的人各自有着互不相干的强烈感情——莉莉整个晚上都感到这一点。这就够混乱的了，拉姆齐先生还要站起来紧握着她的手说："你会看到我们有很大变化"，而别人谁也没有动，也没有说话。只有詹姆斯（无疑是阴沉的詹姆斯）怒气冲冲地瞪着灯；卡姆则把手绢儿在手指头上绕着玩。这时他提醒他们明天要到灯塔去。他们必须七点半整一切就绪到门厅里等着。然后他伸手正要开门时又停了下来，回过身来对着他们。难道他们不想去吗？他质问道。如果他们敢说不（他有某种理由想要得到这么一个回答），他就会悲惨地向后倒入绝望的苦海之中。他可有装腔作势的天才了。他看着就像一个被放逐的国王。詹姆斯倔头倔脑地说了声去，卡姆可怜地结巴着。要去，是的，他们俩会准备好的，他们说。莉莉感到这才是悲剧——不是灵柩、遗骸和寿衣；而是孩子受到强制，精神受到压抑。詹姆斯十六岁，卡姆可能是十七岁。她四下里看着，寻找着一个没有在场的人，想来是拉姆齐夫人。但是只有好心的贝克威斯太太在灯下翻看她的素描。后来，她感到累了，思绪仍在随着海水起伏，在离开了多年之后这些地方的气息和感受使她不能自持，烛光在她眼前摇曳，她忘却了自己，沉醉了。这是一个美好的夜晚，星光灿烂；他们走上楼去之时听见海浪的声音；经过楼梯平台处的窗子时，看到那轮巨大、苍白的月亮，感到很是惊异。她立刻就睡着了。

她把一块白油画布牢牢地安在画架上，作为一道屏障，尽管很脆弱，但她希望足够挡住拉姆齐先生和他的严格要求。当他背转过身去时，她就尽量去看她的画；那儿有一条线、那儿有一片景物。但是一点用处也没有。就让他在五十英尺以外，甚至不和你说话，甚至连看也不看你，他仍是无所不在，压倒一切，把自己强加于你。有他一切就变了。她看不见色彩；她看不见线条；即使他背对着她时她想到的也只是，“可是他马上就会过来指责我、提出要求——他要求的是某种她感到无法给予他的东西。”她抛下一支画笔；选了另外一支。那些孩子什么时候才来？他们什么时候才会出发？她感到烦躁。那个男人，她怒火中烧，心里想道，从不给予；那男人只是索取。而她则将被迫给予。拉姆齐夫人一直给予。给予、给予、给予，她死去了——留下了这一切。真的，她对拉姆齐夫人很生气。她手里的画笔微微颤抖，她看看树篱、台阶、墙壁。都是拉姆齐夫人造成的这一切。她死了。莉莉却在这里，四十四岁了，仍在浪费自己的时间，什么事也干不成；站在这里，拿绘画作为消遣，拿唯一不应该用作消遣的东西消遣，而这一切都是拉姆齐夫人的过错。她死了。她过去常常坐的台阶空了。她死了。

但是为什么要一次又一次地重复这些？为什么总要试图引起某种她没有的感情？这里面有着一种亵渎的成分。她的心灵已经干竭；枯萎了；耗尽了。他们不该请她到这里来的；她不该来的。四十四岁的人已经不能再浪费时间了，她想。她讨厌拿画画当作消遣。在一个充满争斗、毁灭、混乱的世界上，一支画笔是件唯一可以信赖的东西——人不应该拿它来消遣，即使是故意这样做也不行：她痛恨这样做。但他却使她这样做了。他在向她逼近时仿佛在说，在你把我想从你那儿得到的东西给我之前，休想碰你的画布。现在他又逼近了，贪婪而激动。好吧，莉莉听任右手垂了下去，绝望地想道，干脆把这事了结掉要简单得多。她总还能根据回忆来模仿她在这么多女人脸上（比如说在拉姆齐夫人的脸上）看到过的那种热情、那种狂喜和那种自我屈从的表情，遇到类似这样的场合她们就会燃起热情——她仍然能记得拉姆齐夫人脸上的神情——表现出狂热的同情和得到回报的欣喜，她虽然不明白其中缘由，却也显然看出这给予了她们人性所能允许的最大幸福。现在他过来了，在她身边停了下来。她将尽她所能给予他所需要的东西。

2

她似乎显得有点干瘪，他想。看上去有点瘦削、纤弱；然而并非没有吸引力。他喜欢她。一度曾有过她要和威廉·班克斯结婚的说法，可是并没有实现。他的妻子很喜欢她。早餐时他又发了点脾气。后来，后来——他常常感到，有的时候一种巨大的需要促使他去接近任何一个女人，他也并没有意识到究竟是什么需要，而现在他又感到了这种需要，要去强迫她们给予他他所需要的东西：同情。他不在乎用什么方法，他的需要太强烈了。

有人照顾她吗？他问，她需要的东西都有了吗？

“啊，谢谢，都有了。”莉莉·布里斯柯不安地说。不行，她做不到。她本应该马上随着大大扩展起来的同情之浪漂过去：她受到的压力太大了。但是她却定住了一动不动。一段难堪的沉默。俩人都看着大海。拉姆齐先生心想，我在这里她为什么还要看着大海？她说她希望海面平静，他们好登上灯塔。灯塔！灯塔！它有什么相干？他不耐烦地想道。立刻，带着一种原始的迸发力（因为他实在无法再克制住自己了）从他嘴里发出一声呻吟，世界上任何别的女人听到了都会做点什么、说点什么的——只有我不会，莉莉想，辛酸地自嘲道，我不是个女人，看来只是一个乖戾的、坏脾气的、干瘪的老处女而已。

拉姆齐先生深深地长叹了一口气。他等待着。难道她不打算说些什么吗？难道她不明白他想从她那儿得到的是什么吗？于是他说，他想去灯塔是有着特殊的原因的。他妻子过去总是给他们送东西去。那儿有个得股骨结核的可怜的孩子，是灯塔看守人的儿子。他深沉地叹了口气。他意味深长地叹了口气。莉莉只希望这股巨大的伤心的洪流、这种永远无法满足的对同情的贪欲、这种认为她应该完全屈服于他的要求——尽管他的忧伤多得足以永远供她同情——远远离开她，在这股洪流把她卷走之前（她不断向房子看去，希望出现什么来打断这个局面）被引到别的方向去。

“这样的远游，”拉姆齐先生一面用脚尖刮着地，一面说道，“是很痛苦的。”莉莉仍然一声不响。（她是块木头墩子，她是块顽石，他对自己说。）“它们很累人的，”他说，用令她恶心的黯然神伤的表情（她感到他在演戏，这位大人物在引人注目）看着他优雅的双手。这真可怕。这真失礼。他们怎么还不出来？她问道，因为她再也无法继续承受这悲哀的重负，再也无法继续支撑这伤感的沉重的帷幕了（他摆出极其衰老的姿态；站在那里时甚至有点站不住的样子）。

然而她还是什么也说不出来；极目所到之处似乎被清扫一空，没有可供谈论的东西；她只是惊愕地感到，拉姆齐先生站在那里时，他的目光悲哀地落在阳光照射的青草上，使草似乎也失去了颜色，并且给在折叠躺椅里看法国小说的那个脸色红润、懒洋洋的、心满意足的卡迈克尔先生的身影也蒙上了一层黑色的丧纱，仿佛在这个悲苦的世界里，一个炫耀自己的幸运的人的存在足以挑起人们最凄凉忧郁的思想。看看他，他似乎在说，看看我；真的，他的感觉一直都是，想想我吧，想想我吧。啊，要是那个大块头能飘到他们身边来就好了，莉莉心里在希望；要是她把画架支得离他近一两码该多好；一个男人，任何男人，都会终止这种感情的倾泻，停止这类悲叹。作为一个女人，她激起了这可怕的一幕；作为一个女人，她本该知道如何应付这个局面。像这样一句话也说不出来地站在这里，作为女人真是件丢脸透顶的事。她应该说——该说些什么？——啊，拉姆齐先生！亲爱的拉姆齐先生！那位画素描的好心的老太太贝克威斯夫人肯定立刻就会这样恰当地说出来的。可是莉莉不行。他们站在那里，和整个世界都隔绝开了。他那强烈的自艾自怜，他对同情的需求倾泻扩散，在她脚边形成了个个水坑，而她这个糟糕的罪人只会把裙子提到脚脖子上面，免得弄湿了。她沉默着站在那里，手里紧抓着画笔。

感谢老天！她听见房子里传出了声音。詹姆斯和卡姆想必就要出来了。但是拉姆齐先生似乎知道他的时间不多了，便把浓缩在一起的他的悲哀、他的年纪、他的虚弱、他的孤寂所形成的巨大压力一股脑儿地压在她那孤零零的身体上。而突然他又生气地把头不耐烦地往后一仰——因为，毕竟哪个女人能抵制得了他的魅力？——他注意到自己的靴子带散开了。这还真是双出色的靴子，莉莉低头看着靴子，心里在想：一双巨大的雕花皮靴；和拉姆齐先生身上穿的每件东西一样，从磨损的领带到半扣着的背心，毫无疑义都带有他个人的特征。她能想象它们自己往他的房间里走去，没有拉姆齐先生它们也会表现出他的悲怆、乖戾、暴躁，他的魅力。

“多漂亮的皮靴！”她惊叹道。她为自己感到羞愧。在他要求她安慰他的心灵的时候却去赞扬他的靴子；当他向她伸出了流血的双手、显露了备受折磨的心、要求得到她的同情时，却愉快地说，“啊，可是你的靴子多漂亮呀！”她知道他有理由大发脾气，把她说得一钱不值，于是就抬起头来等待他发作。

但是拉姆齐先生反而笑了。那阴郁的、像蒙着层层帷幕的脸色和虚弱之态从他身上蜕脱掉了。啊，是的，他说着抬起脚让她看他的靴子，这是第一流的靴子。在英国只有一个人会做这样的靴子。靴子是人类的主要祸根之一，他说。他声称，“制靴匠的宗旨就是折磨和弄残人脚。”他们还是人类中最顽固最违反常情的家伙。他青年时期大半时间都花在找人做出按应该的做法来做的靴子上了。他要她注意到（他抬起右脚，然后又抬起左脚），她以前从来没有看见过形状做得和这双一样的靴子。而且还是用世界上最好的皮子做的。大多数的皮子和牛皮纸或硬纸板差不多。他得意地看着自己仍然高高跷起的脚。她感到他们来到了一个阳光明媚的岛上，这里是和平的世界，由健全的神智所统治，阳光永远照耀：这座上帝赐福的好靴子岛。她对他产生了好感。“让我来看看你会不会系鞋带。”他说。他对她那个不结实的系法大不以为然，用自己创造的法子系给她看。一旦系好了，就永远不会散开。他三次系上她的鞋带，又三次把它解开。

为什么在他弯腰给她系鞋带这个完全不相宜的时候，她却被对他的同情折磨，因而在她也弯下腰去时，血涌上了她的脸，想到自己的麻木无情（她曾称他为演戏的人），她感到眼睛发胀、泪水刺痛了眼睛？他在给她系鞋带时，她觉得他似乎是个无限悲怆的形象。他系鞋结。他买靴子。在拉姆齐先生所走的人生旅途上无人能帮助他。但就在她想说点什么、也许可能说出点什么的时候，他们来了——卡姆和詹姆斯。他们出现在平台上。他们慢吞吞地并肩走了过来，两个严肃、满脸愁容的人。

但是他们为什么要带着这么一副样子走过来？她不禁感到有

点不高兴；他们可以快活一点；现在他们要出发了，她自己没有机会给予他的东西，他们可以给他。她这时突然感到一阵空落落的；一阵灰心失意。她的感情来得太晚了；现在这份感情出现了；但他已不再需要了。他变成了一个有身份的老人，根本不需要她了。她觉得受到了冷落。他把一只背包往肩上一背，把小包分给大家拿着——有好几个捆得不怎么样的牛皮纸包呢。他打发卡姆去拿件斗篷。他看上去完全像个为远征做准备的队长。然后他掉转身去，穿着那双出色的靴子，踏着坚定的军人的步伐，抱着牛皮纸包，领头沿小路走去，孩子们跟在后面。她觉得两个孩子看上去像是被命运奉献给了某种严峻艰巨的事业，而他们顺从地去了，他们年纪还不大，还能默然追随在父亲的身后，但他们神色黯淡的眼睛却使她感到他们在无言地忍受着某种超出了他们年龄的痛苦。就这样他们走出了草坪，莉莉觉得自己似乎在看着一支队伍前进，尽管步履不很坚定，劲头不很足，但靠着某种共同的感情的力量的驱使，他们组成了一个小小的连队，给了她奇特而强烈的印象。他们走出草坪时，拉姆齐先生有礼貌地但十分冷淡地举起一只手向她致意。

但这是怎样的一张脸啊，她心里想，立刻发现并没有人向她索取的同情使她苦恼，想要得到表达。是什么使这张脸成为这个样子的？是一夜又一夜的思考，她猜想——思考关于厨房桌子的现实性吧，她记起了在她不清楚拉姆齐先生究竟想些什么的时候，安德鲁当时给她的那个象征性回答。（她想到，他被炮弹的碎片击中，当场就死了。）厨桌是某种想象中的、严肃的东西；某种赤裸的、坚硬的、非装饰性的东西。它并不多彩；棱角分明；绝对的平淡无奇。但是拉姆齐先生总是盯着它，决不允许自己的注意力被分散或受到欺骗，直到他的脸变得疲惫严峻，具有了这种深深打动她的朴实本真的美。这时她又想起（她仍站在他离去时她站的地方，手里拿着画笔），烦恼也侵蚀了他的脸——一些不太高尚的烦恼。她猜想，关于那张厨桌的思考他一定也有过疑虑；那张桌子是否真实；他花在它身上的时间是否值得；他究竟能否找到什么结果。他有疑虑，她觉得，不然他就不会对别人有这么多的需求。她疑心他们有时深夜所谈的就是这些；于是第二天拉姆齐夫人就显得很疲倦，而莉莉就会为某件可笑的小事对他发火。但是现在没有人和他谈那张桌子了，或是谈他的靴子、他怎么打结；他像只狮子寻找能够吞食的猎物，他脸上的那一丝绝望和夸张的表情使她惊恐，使她拉紧裙子裹住自己。接着她回想起他突然恢复了生气（当她夸他的靴子时），突然振奋起来，突然恢复了活力和对于普通的凡人小事的兴趣，但这些也迅即消失改变（因为他总是在变，从不掩饰），变成了她从没见过的最后的那个样子，她承认，这使她对自己的烦躁易怒感到羞耻，因为他似乎已经摆脱了烦恼和奢望，不再希望得到同情和称赞，进入了另一个境界，仿佛被好奇心所吸引，和自己或别人进行着无声的交谈，在她目力不能及之处走在那小小的队伍的前面。真是一张非同寻常的脸！园门砰的一声关上了。

3

这么说来他们走了，她想道，宽慰又失望地叹了口气。她的同情似乎像只弹了回来的刺莓，对着她的脸飞了过来。她有种奇怪的被分裂了的感觉，好像她的一半被吸引去到了那里——这是个风平浪静的日子，雾蒙蒙的；今天早晨灯塔显得非常遥远；另一半则固执地、牢牢地固定在这里的草坪上。画布在她眼前似乎飘了起来，一片白色，坚定不移地把自己放在了她面前。它似乎用冷冷的目光在指责她这种匆忙和激动；这种愚蠢的念头和感情的浪费；当她杂乱的感觉（他走了，她非常为他难过却什么话也没有说）匆匆散去时，它断然把她召唤回来，让宁静在她的心中扩散；然后是一片空虚。她依然毫不妥协地盯着她的白色画布；再从画布转向花园。她记得有什么东西（她站在那里，眯起皱巴巴的小脸上的那双中国式的小眼睛），记得和那些横七竖八的线条有关的、在那有着片片蓝色和棕色暗影的绿色树篱中有着什么东西留在了她的心中，并且在那儿系了一个结；于是在一些零星的时刻，比如在沿着布隆普顿路行走的时候，在梳理头发的时候，就发现自己会情不自禁地在想象中画着那幅画，眼睛掠过画面，解着那个结。但是脱离画布虚无缥缈地设想画面和真正拿起画笔画下第一笔来，这之间毫无共同之处。

拉姆齐先生在的时候，由于慌乱她拿错了一支画笔，紧张之中把画架插进地里，角度也不对。现在她已经纠正过来了，在纠正的过程中她抑制下了不恰当的不相干的思绪，它们引得她注意力分散、使她记起自己怎样是如此这般的一个人，和别人有着如此这般的关系。她抬手举起画笔。在痛苦但激动的如痴如醉的状态中，画笔颤抖着在空中停留了片刻。从哪儿开始呢？——这是问题之所在：在哪儿落下第一笔？在画布上画下了一根线条就意味着要承担无数的风险，经常要做出无法更改的决定。所有在头脑里显得简单的事到了实践中立刻变得复杂起来；就如从悬崖顶上看，波浪形状匀整对称，但对于在波浪中游泳的人，浪和浪之间却被险恶的旋涡和翻腾着白沫的浪峰隔开。尽管如此，险是非冒不可的；第一笔终于画了下来。

她是带着一种仿佛既被鞭策向前同时又必须抑制自己的奇特的肉体上的感觉画下迅速的、决定性的第一笔的。画笔落了下来。它在白色的画布上轻轻抹上了一道棕色；留下了一片连续的色痕。她又画了一笔——再画了一笔。就这样停上片刻，轻轻画上一笔，她的动作具有了舞蹈般的节奏，仿佛停顿是节奏的一个部分，一笔一笔是节奏的另一部分，一切都是相互联系的；她就这样轻快而迅速地停停画画，在画布上画下了一些连起来的、显得怯生生的棕色线条，它们刚一落到画面上就围起了一片空间（她感到它赫然显现在她面前）。在一个浪谷里她看见下一个波浪越来越高地向她涌来。有什么能比那个空间更令人生畏的呢？现在她又处于这种情况之中了，她想，一面退后一步观察画面，被拉出了与人们的交往、闲谈、生活的圈子，推到她这个难对付的宿敌面前——这个不同的东西、这个真理、这个现实，突然抓住了她，在表面现象的背后赤裸裸地出现，完全支配了她的注意力。她挺不愿意、挺勉强。为什么总要被硬拉出来拽走？为什么不能不受干扰地在草坪上和卡迈克尔先生聊天？这总还是一种严格的交流方式。其他崇拜的对象都满足于受崇拜；男人、女人、上帝，都让你跪拜在地；但是这种严格的交流方式，哪怕只是关于在柳条桌上显现的白色灯罩的形状，都会激起她投入永恒的论争，鞭策她去进行一场注定会被击败的战斗。每次都是这样（她也不知道是出于她的天性还是因为她是女人），在她把流动性的生活结晶成绘画之前，她总有片刻时间感到处于裸露无防的状态，像个尚未出世的灵魂，一个被剥夺了躯体的灵魂，在某个向风的极顶上犹豫，毫无保护地暴露着，遭受一切疑虑的狂风的吹袭。那么她为什么还要这样去做呢？她看着轻轻画上了连续的线条的画布。它可能会被挂在仆人的卧室里。它可能会被卷起来塞在沙发下面。那么画它还有什么用处呢，而这时她听到了一个声音，说她不会画画，说她没有创造性，她仿佛被卷进了一股习惯的潮流之中，经过了一段时间以后在脑子里变成了经验，结果是你重复着一些话而不再意识到这些话最初是什么人说的。

不会画画，不会写作，她单调地喃喃道，同时焦急地考虑着她该采取什么方案着手行动。因为那大片的图景耸现在她面前；突现出来；她感到它压向她的眼球。这时，仿佛某种润滑她的官能所必需的液体自动地喷射了出来，她开始不很有把握地用画笔去蘸蓝色和红棕色的颜料，这儿画上一笔，那儿画上一笔，但是现在画笔比原来沉重了，移动得也慢了。好像与她所看到的景物所产生的某种节奏合上了拍（她不住地看一眼那片树篱，看一眼画布），所以当她的手充满了生命力微微颤抖时，这个节奏的力量足以载负着她随着它的流动前进。很显然她正在丧失对身外事物的知觉，在她对身外事物、她的名字、她的个性、她的外貌以及卡迈克尔先生是否在那里全都失去了感知的时候，她的大脑不断从深处涌现出各种景象、姓名、言论以及记忆和想法，就像一个喷泉喷洒在那片耀眼的、可怕的、难以对付的白色空间上，而她则用绿色和蓝色在上面创造形象。

查尔斯·坦斯利过去老爱这样说，她想起来了，女人不会画画，不会写作。当她就在这个地方作画时，他会从她背后走上来，紧挨着站在她旁边，这是她最讨厌的事。“粗质板烟丝，”他说，“五个便士一盎司”，标榜自己的贫穷和原则。（但是战争使她失去了女性的尖刻。可怜的家伙们，她想，可怜的男女们，卷进了这样的混乱局面。）他走到哪儿都在胳膊底下夹本书——一本紫皮的书。他在“工作”。他坐在那儿，她记得，在强烈的阳光下工作。晚餐时他会坐在她视野的正当中。可是，她想道，毕竟有过海滩上的那一幕。这情景应该记住。那是一个刮着风的上午。大家都到海滩上去了。拉姆齐夫人坐在一块岩石旁写信。她写了又写。“啊，”她终于抬起头来看着漂在海里的什么东西，说道，“那是只捕龙虾用的篓子吗？还是一条翻了的小船？”她眼睛非常近视，所以看不清楚，这时查尔斯·坦斯利变得别提多好了。他开始打水漂儿玩。他们挑扁平的小黑石头扔出去，使它们飞掠过水面。拉姆齐夫人时不时地抬起眼睛从眼镜上方看过来，取笑他们。他们说了些什么她已经记不得了，只记得她和查尔斯扔石头，突然相处得非常好，而拉姆齐夫人则看着他们。她非常清楚地意识到这一点。拉姆齐夫人，她想道，往后退了一步，使劲眯起了眼睛。（当她和詹姆斯一起坐在台阶上的时候，一定极大地改变了她的构想。一定会有影子的。）拉姆齐夫人。当她想到自己和查尔斯打水漂儿以及海滩上的整个情景，不知怎的感到一切都取决于拉姆齐夫人坐在那块岩石下，膝头放着一本拍纸簿在写信。（她写了无数的信，有时候信被风刮跑了，她和查尔斯只抓回来一页，没给吹到海里去。）但是人的灵魂里有着多么巨大的力量！她想。那个坐在那边一块岩石下写信的女人使一切事物化为单纯；使这些怒气和烦躁像破衣烂衫般落到地上；她把这个那个放到一起，从愚蠢无聊和怨恨恼怒中（她和查尔斯互相争吵攻击，愚蠢无聊，相互怨恨）制造出某种东西——例如海滩上的一幕，这充满友谊和好感的片刻——在这么多年之后仍完好无损地保存着，她只要稍加回忆，对坦斯利的记忆就会重现心头，它几乎像一件艺术品留在她的心中。

“像一件艺术品，”她重复道，眼睛看看画布，看看客厅的台阶，然后又回到画布上。她一定得休息一会儿了。她一面休息，一面茫无表情地在画布和台阶间移动着视线，而那个永远在她心灵的天空中盘桓的老问题，那个巨大的、一般性的问题在现在这样的情况下，在她把绷紧的感官放松下来以后，很容易变得具体，在她的上空停留下来，笼罩着她。生命的意义是什么？如此而已——一个十分简单的问题；一个随着年华的消逝会向你越逼越近的问题。那伟大的启示从来没有出现。也许那伟大的启示永远也不会出现。出现的是日常生活中小小的奇迹、启发、仿佛在黑暗中意外地擦亮了的火柴；眼前就是这样。这样、那样等等的事物；她自己和查尔斯·坦斯利和冲击海岸的浪花；拉姆齐夫人把他们联系在了一起；拉姆齐夫人说“生命在这里凝固了”；拉姆齐夫人将那一刻变成了永恒（正如在另一个领域里莉莉自己也试图将那一刻变成永恒）——这件事具有启示的性质。在混乱之中有了形态；外部世界的飘移和流动（她看着飘过的云彩和颤动的树叶）被固定了下来。生命在这里凝固了，拉姆齐夫人说。“拉姆齐夫人！拉姆齐夫人！”她不断喊道。莉莉得到这个启示，应归功于拉姆齐夫人。

四周一片静寂。房子里的人似乎还没有起床。她看着它在晨光中熟睡，树叶映在窗子上，使玻璃呈现一片蓝色和绿色。她对拉姆齐夫人的隐隐的思念似乎和这幢寂静的房子、这缕轻烟、这清晨纯净的空气产生了共鸣。它朦胧而虚幻，却是惊人的纯洁、激动人心。她希望不要有人开窗或走出房子来，好让她继续独自思考、画画。她转向了画布，但是在某种好奇心的推动下，在她未能表露的同情心所造成的不安的驱使下，她走到离草坪尽头一两步的地方，看看她是否能够看见那一小队人在海滩上准备张帆起航。在下面海滩上，在漂浮的小船之间，有的帆还卷着，有的正缓慢地移动着，因为海面十分平静，其中有一条船离别的船比较远。这条船这时正在升起帆。她判定就在那条离得很远的悄没声息的小船上坐着拉姆齐先生和卡姆、詹姆斯。现在他们已经把帆升了起来；现在，船帆在片刻无力地耷拉和犹豫之后便胀满了风，她在深沉的寂静中看着小船谨慎地超过其他船只，向大海驶去。

4

帆在他们头顶上飘动。海水欢快地拍打着在阳光下懒洋洋停滞不动的小船的船舷。时而一阵微风吹皱了船帆，但轻轻波动过后一切又静止下来。小船根本一动不动。拉姆齐先生坐在船的中间。很快他就会失去耐心了，他们看着父亲，詹姆斯这样想，卡姆也这样想，他紧蜷着腿坐在船中央他们两个人之间（詹姆斯掌舵，卡姆独自一人坐在船头）。他最恨逗留着不动。果然，他烦躁不安地熬了一两秒钟以后，就对麦卡利斯特的儿子说了几句厉害的话，于是他拿出桨开始划了起来。但是孩子们知道，只要船不能飞一般地前进，他们的父亲是永远不会满意的。他会不断盼着起风，坐立不安，低声叨唠，麦卡利斯特和他的儿子会听见他的话，会感到特别不舒服。是他硬逼着他们来的。他们气得直希望永远不要起风，让他的希望统统落空，因为是他违背他们的意愿硬逼着他们来的。

在走下海滩去的路上他们一起落在后面，尽管父亲在无声地命令他们“走快点，走快点”。他们低着头，仿佛一阵无情的狂风压得他们抬不起头来。不可能和他谈谈。他们必须得来；他们必须照他的话办。他们必须抱着牛皮纸包跟在他身后。但是他们一面走一面默默地发誓，他们要相互支持实现那个伟大的盟约——至死反抗暴行。因此他们就那样坐着，一声不响，一个在船头，一个在船尾。他们一句话也不说，只是有时看上他一眼，见他蜷腿坐在那儿，紧皱眉头，烦躁不安，鼻子里不住地发出焦躁的哼哧声，嘴里自言自语地嘟哝，不耐烦地等着起风。而他们则希望一点风都没有，他的希望统统落空。他们希望整个的远游无法实现，不得不抱着牛皮纸包折回海滩去。

但是现在，当麦卡利斯特的儿子划出去了一点儿以后，帆慢慢转了过来，船加快了速度，船身平稳下来后，便箭一般飞驶而去。马上拉姆齐先生仿佛卸下了重负，他伸直双腿，拿出烟叶袋，咕哝着递给了麦卡利斯特，孩子们知道，尽管他们感到痛苦，他却心满意足。现在他们会这样一连几个小时航行下去，拉姆齐先生会向老麦卡利斯特问个什么问题——可能是关于去年冬天的那场大风暴——老麦卡利斯特会回答他，他们就会一起抽烟斗，麦卡利斯特会用手指拿起一根涂过柏油的绳子或者打结或者解扣儿，他的儿子钓鱼，跟谁都不说话。詹姆斯于是将不得不把眼睛一直盯在船帆上。因为如果他忘记这样做，那么帆就会皱拢起来打战，船的速度就会慢下来，拉姆齐先生就会厉声说：“注意！注意！”老麦卡利斯特就会在座位上慢慢转过身来。就这样，他们听见拉姆齐先生问了些关于去年圣诞节那场大风暴的情况。“那条船绕过那个岬角驶来。”老麦卡利斯特说道，形容圣诞节的那场风暴。那时有十条船已经被迫开进海湾里面来避风，他看见“一条在那儿，一条在那儿，一条在那儿”（他慢慢指着海湾各处，拉姆齐先生的脑袋跟着他的手转）。他看见有三个人紧抱着桅杆。然后那船就沉了。最后他们把船推走了，他继续说道（但是两个孩子生气地沉默着，只听见了零星的几个字，他们坐在船的两头，他们至死反抗暴行的盟约把他们团结在一起）。最后他们把船推走了，他们放下了救生艇，把她推到了岬角以外——麦卡利斯特叙述着；虽然他们只听见了片言只语，却一直意识到父亲的存在——他怎样向前探着身子，怎样使自己的声音和麦卡利斯特的声音协调起来；怎样一面抽着烟斗一面看着麦卡利斯特指的这个那个地方，玩味着那场风暴、漆黑的夜，和渔民在那里奋斗的情景。他喜欢男人黑夜中在刮着大风的海滩上卖命苦干，用智慧和体力与风浪搏斗；他喜欢男人这样干活，而女人应该持家，当男人在风暴中葬身海底时，她们在屋子里坐在熟睡的孩子身旁。这一点詹姆斯看得出来，卡姆也看得出来（他们看看他，又看看对方），他们从他突然抬起头来、从他的全神贯注、他说话的声调口气中看出了这一点。他在询问麦卡利斯特关于在风暴中避入海湾的那十一条船时，声音中带上了些微苏格兰口音，使他自己也有点像个农民。十一条船中有三条沉没了。

他得意地看着麦卡利斯特所指之处；卡姆自己也不知道为什么为他感到骄傲，她想，要是他当时在场，他一定会放下救生艇，去到失事的船只所在之处，卡姆想。他是这样的勇敢，这样充满了冒险精神，卡姆想。但是她记起了那个盟约：至死反抗暴行。他们的不满沉重地压着他们。他们是被迫来的；他们是被命令来的。他又一次以自己的忧伤和权威来压他们，让他们按他的意志行事，在这个美好的早晨拿着这些大包小裹到灯塔去，就因为这是他的希望；他为了自己的满足要纪念死者，他们就得参加他的仪典；他们讨厌这样做，所以就磨蹭着跟在后面，把一天的高兴劲儿全给败坏了。

确实，迎面吹来的风令人感到清新。小船倾斜着破浪前进，切开水面，掀起绿色的瀑布、飞沫和急流。卡姆低头看着下面的泡沫，看着大海和它的无穷宝藏，船的速度令她入迷，她和詹姆斯之间的纽带松开了一点。它松弛了下来。她开始思索。小船走得多快啊！我们往哪儿去？船的运动令她入迷，而詹姆斯呢，他的眼睛紧盯着帆和地平线，严峻地掌着舵。但是当他掌舵时，他开始想到他可能逃避；他可能摆脱这一切。他们可能在什么地方着陆；那时就自由了。他们互相对看了片刻，速度和变化造成了两个人的逃避感和兴奋感。但风也使拉姆齐先生产生了同样的兴奋感，在老麦卡利斯特转过身去把钓鱼线扔下水去时，他大声叫喊道，“我们死去了，”然后又说，“各自孤零零地死去。”随即和平时一样感到一阵后悔或羞愧，然后恢复了镇静，向岸上招手。

“看见那所小屋子了吗？”他指点着说，希望卡姆朝那儿看。她很不情愿地直起身子来看。可是是哪一所呢？她已经分不出来山坡上哪所房子是他们的了。所有的房子都显得遥远、宁静而陌生。海岸看上去优雅、遥远、虚幻。他们航行的这点距离已经使他们之间隔得很远，改变了海岸的样子，它显得镇静自若，渐渐退去，和他们不再有任何关系。哪所房子是他们的？她看不出来了。

“但我在波涛更为汹涌的海底。”拉姆齐先生喃喃道。他找出了他们的房子，看到了它，他就看到了他自己在那所房子里；他看到自己在平台上散步，孤身一人。他在花瓮之间徘徊；他似乎感到自己弯腰驼背，非常衰老。他坐在船上也弯下了腰，蜷缩在一起，立刻进入了角色——一个凄凉孤独的男人，一个鳏夫，失去了妻子；因此他把成群的对他充满同情的人召唤到他面前；当他坐在小船里时给自己演出了一幕小小的戏剧；这幕剧要求他显得衰老、虚弱、悲伤（他抬起手来，看到它们是多么瘦，以进一步证实自己的幻想），这样就有大量的女人对他表示同情，他想象她们将怎样给他以慰藉和同情，因而在梦中反映出了女性的同情所给予他的极度的愉快，他叹了口气，轻声哀伤地吟诵。

但我在波涛更为汹涌的海底

比他淹没在更深的深渊，

所有的人都清楚地听到了这哀伤的诗句。卡姆惊得差点从座位上跳起来。她感到震惊——她感到愤慨至极。她的动作唤醒了她父亲；他不由得一抖，停止了吟诵，大声叫道：“快看！快看！”声音是这样急迫，使詹姆斯也回过头来看身后的那个小岛。他们都在看。他们看着那个小岛。

但是卡姆什么也看不见。她在想着织结着他们在那儿的生活岁月的那些小径和草坪已经消失了：它们已被抹掉；成了过去；成了虚幻的东西，而现在这才是现实；这条小船和带补丁的帆；戴着耳环的麦卡利斯特；海浪的轰鸣——这一切才是真实的。她想着这一切，喃喃自语道“我们死去了，各自孤零零地死去”，因为她父亲的话不断冲击她的头脑，这时她的父亲看到她那茫然的目光，开始逗她。难道她不知道罗盘上标的方位吗？他问道。难道她分不出南北吗？难道她真的以为他们住在那边吗？他又指给她看他们的房子在哪儿，在那边，那些树的旁边。他希望她努力把方向辨得更准一点，他说：“告诉我——哪是东，哪是西？”他半取笑半责备地说，因为他无法理解一个不是绝对的低能却看不懂罗盘上标的方位的人的心理状态。可是她却看不懂。看到她那茫然、现在又带着惊恐的目光盯在根本没有房子的地方，拉姆齐先生忘记了自己的幻想；忘记了他如何在平台上的花瓮之间徘徊；忘记了女人们如何向他伸出了臂膀。他想道，女人总是这样；她们头脑之糊涂真是没治了；这是他从来没法理解的一件事；但事实就是如此。她——他的妻子——是这样。她们无法把任何事情清楚地记在脑子里。但是他对她生气是错误的；何况，难道他不是挺喜欢女人身上的这种糊涂劲儿吗？这是她们特有的魅力的一部分。我要让卡姆对我笑起来，他想道。她看上去很害怕。她一句话也不说。他捏住自己的手指，决心压低声音，并且抑制住多年来他可以任意支配、使人们同情他赞美他的、富有表现力的面部表情和手势。他要让她对他笑起来。他要找点什么简单轻松的事来和她谈。可是谈什么呢？因为，像他这样全神贯注于自己的工作之中，已经忘记该说些什么了。对了，有条小狗。他们有条小狗。今天谁在照看小狗？他问道。是的，詹姆斯看见在船帆衬托下姐姐的头，心里毫无怜悯地想道，现在她要屈服了。只剩下我独自和这个暴君斗争了。那个盟约就要留给他一个人去履行了。卡姆永远不会至死反抗暴行了，他看着她那悲伤、阴郁、屈从的脸，严厉地想道。就如有时发生的那样，云层遮住了一片绿色的山坡，气氛变得低沉，周围的群山也会笼罩在阴郁忧伤之中，似乎群山需要思考被云层遮住的、变暗了的山坡的命运，或同情、或恶意地幸灾乐祸：卡姆现在就是这样，她坐在这些平静、坚定的人之中，感到自己被乌云笼罩住了，不知道怎样回答父亲关于小狗的问题；怎样抵抗他的恳求——原谅我，关心我；而立法者詹姆斯，膝上摊开放着永恒智慧的碑文（他放在舵柄上的手对于她具有了象征意义），在说，抵抗他。和他斗争。他说得非常对，非常公正。因为他们必须至死和暴行斗争，她心里想。在人类所有的品质中，她最尊崇的就是公正。她弟弟像神一般公正，她父亲最会乞怜哀求。她坐在他们两个人之间，看着她对它们在罗盘上的方位一无所知的海岸，想着现在草坪、平台和房子都已消失，那儿一片宁静，她想，该向谁屈服呢?

“贾斯珀。”她绷着脸说。他会照看小狗的。

她打算给小狗取个什么名字？父亲追问道。他小的时候有过一条狗，叫弗里斯克。她会屈服的，詹姆斯看着她脸上出现的表情，一种他记得的表情，心里想道。她们低头看着编织的活儿什么的，然后突然抬起头来。他记得有一道蓝光一闪，后来和他坐在一起的一个人笑了起来，屈服了，他非常生气。肯定是他母亲，他想，她坐在一张矮椅子上，他父亲高站在一旁。他开始在被岁月轻轻地、永不停止地一页页、一层层搁置在他脑海中的无数一连串的印象中搜寻；在气息和声音中搜寻；在各种人声中搜寻：刺耳的、空洞的、甜美的；灯光掠过，扫帚嗒嗒响；海浪轻轻冲刷海岸，一个男人大步走来走去，突然停住，笔直地高站在他们旁边。在回忆的同时，他注意到卡姆在用手玩水，眼睛盯着海岸，一声不吭。不，她不会屈服，他想；她不一样，他想。好吧，拉姆齐先生决定，如果卡姆不愿回答，他就不去打搅她了，于是把手伸进口袋里去摸本书。但是她愿意回答他；她强烈地希望能除掉舌头上的什么障碍，说，哦，是的，弗里斯克，我就叫它弗里斯克。她甚至想说，它是不是那条自己在野地里找回家来的狗？但不管她如何努力，却想不出像这样的话来说，她热烈地忠实于他们的盟约，然而又要在不引起詹姆斯疑心的情况下，向父亲传递自己对他的爱的表示。她手玩着水（现在麦卡利斯特的儿子捉到了一条马鲛鱼，它在船舱里蹦，鳃里流着血），眼睛看着毫无表情地盯着船帆或偶尔看一眼地平线的詹姆斯，心里想，你没有受到这种压力和感情的矛盾，这种强烈的诱惑。她的父亲正在口袋里摸索；再过一秒钟就要找到他的书了。因为没有任何人比他对她更具有吸引力；他的手、他的脚、他的声音、他的言语、他的急躁、他的脾气、他的怪癖、他的激情、他在大庭广众下说出，我们死去、各自孤零零地死去，以及他的冷漠，对于她都是美丽的。（他已经打开了书）但是，她笔直地坐在那里看着麦卡利斯特的儿子从另一条鱼的鳃里往外拔鱼钩，心里想，使人无法忍受的是他那极度的盲目和专横，它破坏了她的童年，引起了痛苦的风暴，以至于直到现在她还会在半夜惊醒过来，气得浑身发抖地记起他的某个命令或蛮横无理的态度：“干这个”，“干那个”；他的主宰一切：他的“服从我”。

因此她什么话也没有说，只是固执而悲伤地看着包围在宁静之中的海岸；仿佛那儿的人都睡着了，她想；像轻烟般自由，如幽灵般来去自由。在那儿他们没有痛苦，她想。

5

是的，莉莉·布里斯柯站在草坪边上断定，那是他们的船。那条船的帆是灰褐色的，现在她看见那船平贴在水面上，疾驶着穿过海湾。她想象他就坐在那里，孩子们仍然沉默不语。而她也无法影响到他。她没有能够给予他的那份同情沉沉地压在她心头。使她难以作画。

她向来感到他很难相处。她记得她从来不能够当着面赞扬他。这使他们的关系处于中性状态，没有任何性因素，而正是这个性因素使他在明塔面前大献殷勤，几乎到了轻浮的地步。他会给她摘下一朵花，把他的书借给她。但是他能够相信明塔会读这些书吗？她在花园里走到哪儿都带着它们，把树叶夹在她读到的地方。

“你记得吗，卡迈克尔先生？”她看着老先生，很想问他。但是他拉下帽子半遮着前额；她猜他不是睡着了就是在幻想，再不就是躺在那里捕捉词句。

“你记得吗？”她走过他时很想问他，又一次想起了拉姆齐夫人在海滩上的情景；木桶在水里上下浮动；信页在空中飞舞。为什么在这么多年之后这一幕仍保存了下来，萦回脑际、照得通亮、每一个细节都清晰可见，而在它之前和在它之后的一段漫长的时间中，一切都只是一片空白呢?

“那是只船吗？还是钓鱼的浮子？”她会问，莉莉重复着这话，很勉强地转身回到画布前。真得感谢老天，那片空白的问题依然存在，她心想，重又拿起了画笔。那片空白瞪着她。画面的整体平衡取决于这个砝码。画的表面应该明亮美丽，轻盈纤软，像蝴蝶翅膀上的颜色那样，色彩相互交融。但是在它的下面，整个结构必须用铁螺栓夹在一起。它将是你可以轻轻一吹就起皱、而同时一组马也休想拉得散的东西。她开始涂上一抹红色，一抹灰色，开始一点点按自己的意愿塑造这片空白。同时她又似乎在海滩上坐在拉姆齐夫人的身边。

“那是只船吗？还是只木桶？”拉姆齐夫人问。她开始到处找眼镜。找到了以后，她默默地坐在那儿，看着大海。莉莉不断画着，感到似乎有扇门被打开了，她走进去，站在一个教堂般高大、非常幽暗、非常肃穆的地方，默默地环顾四周。叫喊声从一个遥远的世界传来。轮船冒着烟柱消失在地平线上。查尔斯扔着石片，使它们跳跃着掠过水面。

拉姆齐夫人默默地坐着。莉莉想，她很高兴能静静地休息，不必与人交流；在人际关系最朦胧的状态中休息。谁能知道我们是什么样的人，我们有什么样的感觉？即使是在亲密的时刻，谁又能说，这就是真知？拉姆齐夫人可能会问，说了出来岂不扫兴（这样沉默地和她在一起的情况似乎经常出现）？难道这种沉默不能更好地表达内心？至少那一刻似乎有着极其丰富的内涵。她在沙上捣出了一个小洞，然后又盖上了，仿佛将这完美的一刻埋在了里面。这一刻像一滴白银，她只消在里面蘸一下就能照亮往昔的黑暗。

莉莉退后几步好观察画布上画的整体状况。作画走的是一条奇特的道路。你往外走呀走，越走越远，直到最后你仿佛走到了一块架在海面上的狭窄的木板上，周围没有任何人。当她蘸蓝色颜料的时候，她同时也蘸入了过去。她记得这时拉姆齐夫人站起身来。该回宅子里去了——是吃午饭的时候了。于是他们全都一起从海滩往回走，她走在威廉·班克斯的后面，明塔在他们前面，袜子上有一个洞。那个破洞里露出的一小块圆圆的粉红色的脚跟似乎在向他们炫耀自己！威廉·班克斯对它是多么反感，虽然就她记忆所及，他什么话都没有说！对他来说这意味着女性气质的湮灭、肮脏和杂乱，以及仆人离去、到中午床还没有整理好——他最厌恶的一切。他习惯地战栗着张开手指，仿佛要挡住一派不堪入目的景象。这时他就是这个样子——把手挡在面前。而明塔继续在前面走着，想来保罗来接她了，她就和保罗一起去了花园。

雷勒夫妇，莉莉·布里斯柯回忆着，一面在挤一管绿色的颜料。她搜索着对雷勒夫妇的印象。他们的生活以一系列的片段场景出现在她的记忆中；其中一幕是在黎明时的楼梯上。保罗头天晚上回来得早，睡觉也早；明塔回来得晚。凌晨三点钟左右，明塔头戴花环，涂脂抹粉、打扮得花花绿绿的出现在楼梯上。保罗穿着睡衣走了出来，手里拿着根拨火棍，以防碰上入室盗窃的贼。明塔站在楼梯半中间的窗前，在苍白的晨光中吃三明治，地毯上有一个洞。但是他们说了些什么？莉莉问自己，好像只要看着他们就能听见他们的声音。很激烈的话语。明塔令人生气地继续吃她的三明治，说话的是他。他说的是气愤的、妒忌的话语，责骂她，声音很低，免得吵醒孩子，那两个小男孩。他神情沮丧、拉长了脸；她则招摇艳丽、满不在乎。结婚一年左右他们的关系就稀松了；这场婚姻结果很糟糕。

而这样，莉莉蘸了点绿色颜料，心里想道，这样来想象他们生活的情景就是我们所谓的“了解”他们，“关心”他们，“喜欢”他们！没有一个字是真实的；是她想象出来的；尽管如此，这就是她对他们的了解。她继续深入挖掘进入她的画作、进入过去的岁月。

还有一次，保罗说他“在咖啡厅里下象棋”。就凭这句话她又想象出了一整套的情节。她记起在他说这话的时候，她设想他如何给家里打电话，女仆说“雷勒夫人不在家，先生”，于是他决定也不回家。她想象看到他坐在某个阴暗场所的角落里，红色长毛绒的坐椅上沾满烟尘，那里的女招待和客人很熟悉，他和一个小个子男人下棋，这个人做茶叶生意，住在苏必顿。保罗对他就只有这么点了解。后来他回家时明塔没在家，后来就是楼梯上的那一幕，他手里拿着拨火棍好对付入室盗窃的贼（无疑也是为了吓唬她），话说得很厉害，说她毁了他的生活。总之当莉莉到里克曼斯沃滋附近的一所小别墅去看他们时，他们的关系紧张得可怕。保罗带她到花园里去看他繁殖的比利时兔子，明塔跟在后面哼着歌，赤裸的胳膊搭在他的肩膀上，唯恐他告诉莉莉些什么。

明塔厌烦兔子，莉莉想道。但是明塔从未流露出来过。她从不说在咖啡厅下棋一类的事。她对此太敏感，唯恐提起。但是还是接着讲他们的故事吧——现在他们已经度过了危险阶段。她去年夏天有段时间住在他们家，汽车坏了，明塔不得不给他递工具。他坐在路边修车，她给他递工具时的样子——事务性的、坦率的、友好的——证明情况正常了。他们不再“相爱”；不了，他已经有了另外一个女人，一个严肃的女人，头发梳成辫子，手里提个文件箱（明塔曾充满感激地、几乎是带着羡慕地描述过她），她参加会议，在地价税和资本课税问题上和保罗有着共同的观点（这些观点变得越来越鲜明了）。他们之间的这个关系不仅没有使保罗和明塔的婚姻解体，反而拯救了它。当他坐在路边她给他递工具时，显然他们是极好的朋友。

这就是雷勒夫妇的故事，莉莉微微地笑了。她想象自己把这讲给拉姆齐夫人听，她会非常好奇地想知道雷勒夫妇后来怎么样了。她告诉拉姆齐夫人那桩婚姻不很成功时，会感到得意扬扬。

唉，死去的人，莉莉心想，她在画的构思上遇到了点障碍，使她停下来，退后了一英尺左右，琢磨开了。唉，死去的人！她喃喃道，你同情他们，你把他们撇在一边，甚至还有点蔑视他们。他们由着我们摆布。拉姆齐夫人已经离开了，消失了，她想。我们可以不顾她的愿望，通过改良把她的有局限性的陈旧观念摒除掉。她离我们越来越远。

莉莉似乎看见她在岁月的长廊的尽头，在那么多不合时宜的话里，偏偏嘲弄地说，“结婚吧，结婚吧！”（她在清早笔直地坐在那里，小鸟已在外面花园里开始啾唧。）你不得不对她说，事情的发展全都违背了她的意愿。他们那样很幸福；我这样很幸福。生活完全变了。在这种情况下，她的全部存在，就连她的美丽也一时变得落满灰尘、陈腐过时了。有一刻工夫，莉莉站在那儿，太阳晒得后背发烫，她总结了雷勒夫妇的生活、感到自己胜过了拉姆齐夫人，她永远也不会知道保罗如何到咖啡厅去，并且有个情妇；不会知道他如何坐在地上，明塔给他递工具；不会知道她如何站在那里画画，没有嫁人，甚至连威廉·班克斯也没有嫁。

拉姆齐夫人已经把这件事计划好了。如果她活着，也许她会硬让他们结婚的。那个夏天拉姆齐夫人已经认为他是“心眼最好的男人”了。他是“他那一代人中最好的科学家，我丈夫说的”。而且他还是“可怜的威廉——我去看望他时，发现他家里一件像样的东西也没有，真让我难过——连给他收拾鲜花的人都没有”。于是他们被打发一同出去散步，拉姆齐夫人带着那不易被人抓住的淡淡的讽刺口吻对莉莉说，她有个科学的头脑；她爱花；她非常严谨。拉姆齐夫人对婚姻的这种狂热是怎么回事？莉莉问自己，一面在画架前走来走去。

（突然，突然得就像流星划过天空一般，她脑海中似乎燃起了红色的火光，火光从保罗·雷勒身上发出，整个把他笼罩了起来。它像在遥远的海滩上的野蛮人作为某种庆典的象征而燃起的大火。她听到了熊熊的火声和燃烧的木材的爆裂声。周围许多英里之内的海面被映照得火红金黄。烟火中混合着酒的芳香，使她陶醉，因为她又一次产生了想纵身跳下悬崖，为寻找一枚珍珠胸针而被淹死的鲁莽的愿望。熊熊的火声和燃烧的木材的爆裂声使她恐惧和厌恶，产生了反感，仿佛她在看到它的壮丽和力量的同时也看到了它是如何贪婪地、可憎地吞噬了这幢房子里的宝贵财富，她感到憎恨。但是作为一个景象，其壮观程度超过了她经历中见过的一切事物，像天涯海角的一座荒岛上的烟火信号，年复一年地燃烧着，你只要一提“在恋爱”，保罗的火焰就会像现在这样马上燃起。火势减弱了，她笑着对自己说，“雷勒这两口子”；想起保罗如何到咖啡厅去下棋。）

不过她只是非常侥幸才逃过了婚姻这一劫难的，她心想。她在看着那张桌布，突然想到她要把那棵树移到中间去，并不需要嫁人，当时感到一阵巨大的喜悦。她现在感到可以勇敢地面对拉姆齐夫人了——这是对拉姆齐夫人之于她的惊人操纵力的礼赞。她说，干这个，人们就去干这个。就连她和詹姆斯坐在窗口的影子都充满了权威。她想起了威廉·班克斯因为她忽略了母子二人的意义而感到多么震惊。难道她不羡慕他们的美吗？他问。但是她记得当她解释这并不是出于不敬：那儿的光需要在那儿有个阴影，等等，威廉睁着聪明的、孩子般的眼睛听她讲述。她并不打算小看他们都认为拉斐尔[1]曾经处理得极好的一个题材。她不是在说挖苦的话。而是正好相反。感谢他那科学的头脑，他懂得了她的意思——证明了他不带偏见的理解力，这给了她很大的愉快和安慰。那么，她可以和一个男人严肃地谈论绘画了。真的，他的友谊是她生活中的乐趣之一。她爱威廉·班克斯。

1　拉斐尔（1483—1520），意大利文艺复兴时期画家和建筑家。

他们一起到汉普顿宫去玩，他真是个十足的绅士，总是到河边散步，好让她有足够的时间用洗手间。这反映了他们关系的特点。在许多事情上都相互默契。那时他们一个夏天又一个夏天地在汉普顿宫众多的庭院中漫步，欣赏建筑的协调和满园鲜花，他便会一边走一边给她讲各种事情，透视法啦、建筑学啦，有时他会停下来端详一棵树，或湖上的景色，或含含糊糊地、神情冷淡地夸夸一个小孩（他没有女儿——这是他最伤心的事情），对于一个把这么多时间都花在实验室的男人来说，这种神态是很自然的，因为他一出门这个外部世界似乎就会使他眼花缭乱，因此他走得很慢，抬起手来遮住射进眼睛的阳光，停下脚步，把头使劲往后一仰，就为了深深地吸上一口气。然后他会告诉她他的管家休息了；他必须买块新地毯铺楼梯。也许她愿意和他一起去给楼梯买块新地毯吧。有一次，一件什么事使他谈起了拉姆齐夫妇，他说他第一次见到她时她戴着一顶灰色的帽子；顶多不过十九或二十岁。她惊人的美丽。他站在那儿凝视着汉普顿宫的林荫路，仿佛他仍能在喷泉之间看到她的身影。

现在她凝视着客厅前的台阶。她通过威廉的眼睛看见了一个女人的身影，安详宁静，低垂着双眼。她坐在那儿沉思默想（那天她穿的是件灰色衣服，莉莉想道）。她低垂着目光。她永远不会抬起眼睛来的。是的，莉莉专注地看着，心里想，我肯定见过她这个样子，但穿的不是灰色衣服；也不是这么沉静、这么年轻、这么安详。这个身影很容易就来到了莉莉的眼前。她惊人的美丽。威廉是这么说的。但美并不是一切。美有它的不良后果——它来得太容易，来得太完整。它使生活停止——冻结了生活。它使人们忘记了心灵的小小骚动；脸上出现的红晕或苍白、某种奇怪的扭曲、某种光亮或阴影，这些使得那张脸一时变得难以辨认，然而却赋予了它让人永难忘怀的品质。在美的掩盖下抹平这一切要简单得多。但是，当拉姆齐夫人把前后翘起的布帽子往头上一扣，或当她跑过草地，或责备园丁肯尼迪的时候，她脸上具有的是什么样的神情？莉莉纳闷地想。谁能告诉她？谁能帮助她找到答案？

她很不情愿地从沉思中返回到外部世界中来，发现自己思绪已不在画上，她像看什么虚幻的东西一般茫然地看着卡迈克尔先生。他躺在椅子上，两手交叉着放在巨大的肚子上，既没有在看书，也没有睡觉，而是像个吃饱了就满足的动物在晒太阳。他的书已经掉在了草地上。

她很想直接走到他的面前对他说："卡迈克尔先生！"于是他会和平时一样抬起那双蒙眬呆滞的绿眼睛，仁慈地看着她。可是人们只有在知道要对别人说些什么的时候才会叫醒他们。但她想说的不是一件事，而是一切的事。打乱并割裂思想的零星碎语什么也表达不了。"关于生活，关于死亡；关于拉姆齐夫人"——不，她想，她没法对任何人说任何事。一时的紧迫感之下说出的话从不能达到目的。词句飘向一侧，打在目标下方几英寸之处。于是人们就放弃了；那想法重又沉入心底；人们变得像多数中年人一样，谨慎、诡秘、眉间刻着皱纹，一副忧虑的神情。因为人们如何能用语言表达这样的肉体的情感？表达在那儿存在着的空虚？（她正凝视着客厅的台阶；它们显得非常空落。）这是人的肉体上的感受，不是心灵上的。和空落落的台阶一起到来的肉体的感觉突然变得令人极端不快。想要却得不到，这使她全身产生了一种硬邦邦、空虚和紧张的感觉。想要却得不到——想要再想要——这是如何使人悲痛、一而再地使人悲痛的事啊！啊，拉姆齐夫人！她默默地呼喊着，向着那个坐在船旁的存在，那个由她而生的抽象的形体，那个穿灰色衣服的女人，呼喊，似乎在责怪她的离去，责怪她离去以后又重新归来。她原觉得思念她似乎是很安全的。她是幽灵，是空气，是虚无，是一件白天黑夜任何时候由着你随意地安全地玩弄的东西，她也一直是这样一件东西，然而突然之间她却伸出手来如此使劲地折磨你的心。突然，客厅前空落落的台阶、客厅内椅子的饰边、在平台上打滚玩的小狗、花园里的草浪和风的低语，全都变成了华丽地装饰在一个完全空无的中心的四周的曲线和阿拉伯式的图案。

“这是什么意思？你如何解释这一切？”她再次转身向着卡迈克尔先生，想这样问他。因为在这个清晨，整个世界似乎都融化成了一个思想的深潭，一个现实的深湾，她几乎可以想象，如果卡迈克尔先生说了话，会有小小的一滴眼泪打破潭面的平静。那么然后呢？会有什么东西浮现。会有一只手伸出水面，一把刀闪出寒光。当然这都是一派胡言。

她产生了一个奇异的念头，觉得他还是听到了她未能说出来的话。他是一个令人费解的老人，带着沾在胡子上的黄色污渍、他的诗作，和他那令人难解的一切，安详地航行在一个满足了他一切需要的世界上，她甚至认为他只需在草坪上他躺着的那个地方放下手去就能够捞起任何他所需要的东西。她看着她的画。她猜想他的回答会是——“你”和“我”和“她”都会死亡消失；没有任何东西是永存的；一切都在变；但是文字不会变，绘画不会变。然而，她想，画会被挂在阁楼上；会被卷起来扔在沙发底下；但即便如此，即使是那样的一张画，也还是不会变的。你可以说，甚至是这幅信笔涂画的东西，还不是那幅画成的画，而只是一个企图，也会“永远存在”，她打算这样说，或者只是无言地暗示出这层意思，因为这些字如果说出来，连她自己听了也会觉得过于吹嘘了；当她去看这画时，她惊奇地发现她看不见它了。她眼中充满了滚烫的液体（她一开始并没有想到是眼泪），使视线模糊，并顺着面颊滚落下来，但并没有影响她嘴唇的坚定。她在其他的一切方面都能很好地控制自己——哦，是的！那么她是在为拉姆齐夫人而哭，却又并未意识到任何不快活吗？她又想象在和老卡迈克尔先生说话了。那么是怎么回事呢？这意味着什么？事物会伸出手来抓住你吗？刀会砍伤人吗？拳头会攥紧起来吗？难道就没有安全了吗？无法懂得世界的规律吗？没有指导、没有庇护，而一切都是奇迹，只能从塔尖纵身跃入空中吗？难道，即使对老年人来说，这就是生活？——令人吃惊、出乎意料、神秘未知？片刻之间她感到如果他们两人都站起来，就在此时此地，在草坪上，要求得到一个解释，为什么生命是如此短暂，为什么如此费解？如果他们说时口气激烈，像两个有充分准备的、不应对他们隐瞒任何事情的人，那么美将会自动蜷缩起来，空白将被填满，那些空洞的装饰会构成形态；如果他们呼叫的声音够响的话，拉姆齐夫人就会回来。“拉姆齐夫人！”她说出了声来，“拉姆齐夫人！”眼泪流下了她的脸。

6

[麦卡利斯特的儿子拿过一条鱼来，从它身上切下方方的一块肉，放在鱼钩上做饵。这条身体残缺的鱼（仍然活着）被扔回了大海。]

7

“拉姆齐夫人！”莉莉呼叫着，“拉姆齐夫人！”但是什么也没有出现。痛苦加强了。她想，痛苦竟然能够使人处于如此低能的状态！幸好老头儿没有听见她。他仍然慈祥、平静——如果你愿意这样想的话——仍然崇高。感谢上帝，没有人听到了她那不光彩的叫声，痛苦停止吧，停止吧！显然她还没有到失去理智的地步。没有人看见她跨出她那块狭窄的木板落入灭顶的水中。她仍然是一个拿着支画笔站在草坪上的干瘪的老处女。

这时渴求的痛苦和强烈的愤怒（正当她觉得她永远不要再为拉姆齐夫人感到悲哀的时候，却又被召唤起了这份感情。早餐时面对着那些咖啡杯她想念拉姆齐夫人了吗？一点也没有）慢慢减轻了；悲伤后的宽慰是解毒剂，本身就是止痛的良药，同时更为神秘的是，她感觉到有一个人在场，是拉姆齐夫人，暂时摆脱了这个世界加在她身上的重负，轻快地站在她的身边（因为这确实就是绝美的拉姆齐夫人），然后把去世时戴的白色花环举到额头。莉莉又一次挤出了几种颜料。她着手对付那片树篱。很奇怪她这样清楚地看到了她，带着平日的轻快步伐穿过田野，消失在淡紫色柔和起伏的田地中，消失在遍地的风信子或百合花丛中。这是画家的眼睛在作弄她。听到拉姆齐夫人死讯后的许多天，她都看见她像这个样子，把花环戴在额头上，和她的伴侣，一个影子，确确实实地穿过田野而去。这个景象，这个片段，具有令人感到慰藉的力量。无论她在哪里画画，在此处乡间或在伦敦，这个幻象都会来到她的眼前，她就会半闭着眼睛为这个幻象寻找一个基点。她俯视着火车车厢，公共汽车；她沿肩膀或面颊取线；看着对面的窗户；看着夜里亮起串串灯光的皮卡迪里广场。这一切都曾是茫茫的死亡之野的一部分。但总有什么东西——可能是一张脸，一个声音，一个报童叫卖《旗帜报》《新闻报》的声音——穿透这一片茫茫，喝止她，唤醒她，要求她并最后成功地使她集中注意力，因此这个幻象就不断需要重塑。现在又是如此，她被某种本能的对距离和蓝色的需求所驱使，她向下面的海湾看去，把条条蓝色的波浪看作小丘，把颜色更紫的空间看作多石的田野。和以前一样，一个不协调的东西引起了她的注意。在海湾中央有一个棕色的斑点。那是一条船。是的，她马上就意识到这一点。但是，是谁的船呢？拉姆齐先生的船，她答道。拉姆齐先生；那个举着手、神情冷漠、穿着漂亮的皮靴、率领着他的队伍、大踏步走过她身边的男人，他要求得到她的同情，而她拒绝给予他。那只船现在已经驶过了半个海湾。

早晨的天气非常好，只是偶尔吹过一丝微风。海天似乎浑然一体，船帆仿佛高挂在天空，云彩又仿佛落入了海中。遥远的海面上，一条轮船在空中画出一道浓烟，翻卷缭绕，久久不散，装点着这幅景色。空气仿佛是层薄纱，把万物轻柔地保存在它的网中，仅仅让它们轻轻地来回摆动。就像天气非常晴朗时常会发生的那样，悬崖似乎意识到了船只，船只也似乎意识到了悬崖，它们似乎互相发送着只有它们才理解的秘密信号。因为有时灯塔似乎离海岸很近，但这天早晨在一片氤氲之中却显得非常遥远。

“他们现在在哪儿？”莉莉看着大海，心里在想。他在哪儿，那个胳膊下夹着一个牛皮纸包、默默从她身边走过的非常衰老的男人在哪儿？那条船在海湾的中央。

8

卡姆望着上下波动、越来越远也越来越宁静的海岸，心里在想，他们在那儿什么也感觉不到。她的手在海水中划出一道浪迹，她的脑子把绿色的旋涡和波纹构成各种图案，麻木而滞重地幻想自己在水下世界漫游，那里串串珍珠附着在白色的水花上，那里，在绿光下，她整个的心灵发生了变化，她的身体半透明地闪现在绿色的斗篷中。

这时，她手的周围的涡流减弱了。水停止了急速的流动；世界充满了轻微的吱嘎声。可以听见海浪冲击和拍打船舷的声音，好像他们是停泊在港湾里。一切都似乎和人非常接近。詹姆斯两只眼睛一直盯着船帆，直盯得它变得像个熟人；这时这船帆完全耷拉了下来；船停了下来，在炎炎烈日下飘荡着等待起风；远离海岸，远离灯塔。世界上的一切似乎都静止不动了。灯塔变得岿然不动，远处的海岸线变得固定住了。太阳更毒，大家似乎挨得非常近，都能感到相互的存在，而刚才他们几乎忘记了别人。麦卡利斯特的钓鱼线笔直地落入水中。但是拉姆齐先生继续蜷腿坐着看他的书。

他正在读一本亮亮的小书，封面有像鹬鸟蛋一样的杂色斑纹。当他们在那令人讨厌的风平浪静中进退不得之时，他却时不时地翻过一页书。詹姆斯觉得他翻动每一页书时那特别的动作都是冲他来的：时而武断，时而命令；时而含有让人同情他的目的；在他父亲一页页翻读着那小小的书页的所有的时间里，詹姆斯一直害怕他会抬起头来对他厉声说些什么。他们为什么会滞留在这里？他会质问，或说些类似的不讲道理的话。詹姆斯想，如果他这样做，我就拿把刀刺到他心脏里去。

他脑海中一直保留着拿刀刺到他父亲心脏里去这个早已有之的象征。只有现在，在他长大了一些，坐在这里干生气地瞪着他父亲的时候，才意识到他想杀死的并不是他，不是那个看书的老头儿，而是落在他身上的那东西——也许他自己并不知道：那头凶猛迅速的黑翅膀大鹰怪，爪子和利喙冰冷坚硬，它一而再地向你袭击（他能感到它在啄他的光腿，他小的时候被啄过的地方），然后飞走，而他又恢复了原样，一个老头子、非常忧伤、读着他的书。那鹰怪是他要杀死的，他要拿刀直刺它的心脏。无论他做什么——（他看着灯塔和远处的海岸，感到自己什么都可能去做）不论是经商、在银行、当律师、做企业的经理，他都要斗争，都要追拿并消灭——

他称作暴行和专制的现象——即让人干他们不想干的事情，剥夺他们说话的权利。当他说“到灯塔去”的时候，他们谁能说“可是我不想去”？干这个。给我拿那个。黑色的翅膀张开了，坚硬的鸟嘴撕啄着。而随后他又坐在那里读起书来；他可能会通情达理地抬起头来——谁也说不准。他可能和麦卡利斯特父子聊天。他可能会在大街上把一个金币硬塞进某个冻僵了的老妇的手中，詹姆斯想；他可能在渔民的什么运动比赛上呐喊助威；他可能会因激动而挥舞胳膊；或者他可能坐在餐桌的一端，一顿饭从头到尾一声不吭。是的，小船在烈日下漂浮时詹姆斯心里在想；有这么一片极其荒凉严酷的覆盖着积雪和乱石的荒原；近来当他的父亲说了些什么令别人惊异的话时，他常常感到在那里只有两对足迹，他和父亲的。只有他们互相了解。那么这种恐惧，这种仇恨又是什么呢？他流连于往昔的岁月积存在心头的重重树叶层中，向树林深处窥探，那儿光与影交替变幻，扭曲了一切的形状，他在里面跌跌撞撞，一会儿是由于阳光刺目，一会儿是由于黑影难辨，极力想找到一个形象好使自己的感受冷却、超脱、以一个具体的形式得到圆满的表达。设想一下，也许就像一个幼童无助地坐在童车里，或某人的膝盖上，看见一辆马车不知不觉间轧碎了一个人的脚？假设他先看见了脚，一只在草地上的、光滑的、完整的脚；然后他看见了车轮；然后同样的那只脚，已是被轧碎了，一片紫红。但车轮是无罪的。因此现在当他父亲大清早大步沿走廊而来，敲门叫醒他们到灯塔去之时，那轮子就轧过了他的脚，轧过了卡姆的脚，轧过了所有人的脚。他只能干坐在那里看着。

但是他想到的是谁的脚，这一切又发生在哪个花园里？因为这类景象都得有个发生的场所；生长在那儿的树木；开放的鲜花；某种光线；几个人影。一切都倾向于发生在一个没有这类阴沉气氛、没有这种乱舞双手的花园里；人们用普通的口气说话。他们整天进进出出。有一个老太婆在厨房里碎嘴唠叨；风把遮帘吹得在窗子里飘进飘出；花儿盛开，万物生长；夜晚，在所有的碗碟之上，在长长的摇曳着的红色和黄色的鲜花之上会罩上一层极薄的黄纱，就像一片葡萄的叶子。夜晚一切都变得更静、更暗。但那叶子般的薄纱轻柔得光能将它掀起，声音能使它皱起；他能透过它看见一个弯着腰的身影，听到衣服的沙沙声、链条的叮当声，时而走近，时而远去。

正是在这样一个世界里车轮轧过了那个人的脚。他记得有什么东西停留在他的头顶上方，它的影子笼罩着他；不肯离去；什么东西在空中活跃，什么干枯尖利的东西甚至落到了那里，像一柄剑，一把弯刀，击穿了甚至在那个幸福的世界里的树叶和鲜花，使它们干枯、凋零。

“会下雨的，”他记得父亲这样说。“你们不可能到灯塔去。”

那时灯塔是座银色的看上去朦朦胧胧的塔，有一只在黄昏时突然睁开的柔和的黄眼睛。而现在——

詹姆斯看着灯塔。他可以看得见刷成白色的岩石；那座光秃秃的直立着的塔；他可以看见塔身上刷着黑白的粗道道；他可以看见上面的窗户；他甚至都能看见摊晒在岩石上的洗过的衣服。这么说来这就是那座灯塔了，是吧？

不，他记忆中的那一座也是灯塔。因为没有任何东西是单一的。那一座也是灯塔。隔着海湾很难看清楚它的。黄昏时分你抬起头，就看见那只眼睛一开一闭，他们坐在凉爽愉快的花园里，它的光似乎能照到他们。

但是他停止了遐想。每当他说“他们”或“一个人”，然后开始听到某人走来时衣服的沙沙声，某人走开时链条的叮当声，他便对留在房间里的无论什么人的存在变得极为敏感。现在是他的父亲。气氛变得极其紧张。因为如果还没有风的话，那么很快他的父亲就会啪地把书一合，说：“现在是怎么回事？我们为什么在这儿漂着不动啊？”就像以前有一次，他在平台上把利剑砍向了他和母亲，使她全身发僵，当时如果手边有把斧子、刀，或任何尖利的东西，他就会一把抓起直刺他父亲的心脏。他的母亲全身发僵，后来她的胳膊松弛了，他便感到她不再听他说话了，她仿佛不知怎的站起来走开了去，剩下他在那里，无能为力、滑稽可笑、坐在地板上抓着一把剪刀。

没有一丝风。海水在船底发出扑通扑通的声音，三四条马鲛鱼在浅得没不住它们身子的水里拍打着尾巴。任何时候拉姆齐先生（詹姆斯几乎不敢看他）都可能惊醒过来，合上书，说出什么刺耳的话来；但是暂时他仍在看书，于是詹姆斯继续悄悄地接着回想，她是什么模样，那天她去了哪里？他悄悄地想着，仿佛他光着脚偷偷走下楼去，生怕踩上一块吱嘎响的地板而惊醒了看门狗。他开始跟在她后面从一间屋子到另一间屋子，最后来到了一间光线是蓝色的屋子里，仿佛是从许多瓷盘子上反射出来的光，她在那里和什么人说话；他听着她说话。她和一个仆人说话，想到什么说什么。我们今晚会需要一个大盘子。放在哪儿了——那只蓝颜色的盘子？只有她才说实话；他也只有对她一个人才说实话。也许这就是她对他有着永恒的吸引力的源泉；她是一个你可以把想到的什么话都告诉她的人。但是在他想到她的时候，他一直都意识到他的父亲在追随着他的思路，盯它的梢，使它颤抖、犹豫。

最后他停止了回忆；他坐在阳光下，手放在舵柄上，眼望着灯塔，没有力量移动，没有力量拂去一颗接一颗落在他心上的痛苦的微粒。似乎有一根绳子把他捆在那里，是他的父亲打的结，他只有拿把刀刺穿它才能逃脱……但就在那一刻船帆慢慢转了过来，渐渐被风鼓起，小船似乎抖了抖身子，然后半睡半醒地开始航行，随后她完全醒了过来，飞速破浪而去。这份轻松的感觉真是太美妙了。他们之间的距离似乎又加大了，感到自在舒畅，从船侧斜抛下的钓鱼线又绷紧了起来。但他父亲并没有被惊动，他只是神秘地高举起右手，然后又让它落回到膝盖上，仿佛在指挥着什么秘密的交响乐。

9

［海面上没有一丝斑痕，莉莉·布里斯柯想道。她依旧站在那儿远眺着海湾。大海像丝绸般在海湾伸展。距离有着奇妙的力量；她感到他们被吞没其中，一去不复返，成了大自然的一个部分。大海是如此平静，如此安宁。轮船本身已经消失了，但那一大股烟依然悬在空中，像一面低垂着的、哀哀惜别的旗子。］

10

那么它是这个样子的，这座岛屿，卡姆又一次把手指放在海水里，心里在想。她还从来没有从海上看到过它。它是不是就那样躺在海面上，中间凹进去，旁边有两块陡峭的岩石，海水从那儿涌入，在岛的两边远远地伸展开去。岛很小；形状有点像片竖立着的树叶。于是我们乘上一条小船，她想象，开始给自己讲一个从沉船上逃生的历险故事。但是海水流过手指，一丛海藻消失在身后，此情此景，使她不愿给自己讲述一个严肃的故事；她需要的是历险和逃生的感觉，因为在小船行驶之时，她想着的是，她父亲因她不懂罗盘刻度而生气，詹姆斯在盟约上的固执，以及她自己的痛苦，现在一切都悄然离去，都成为过去，都顺流而去了。那么接着而来的是什么呢？他们要到什么地方去呢？从深深插在水里的冰冷的手上涌出了一股快乐的泉水，这是来自心情的变化，来自能够逃生，来自历险（她竟然还活着，他竟然在这儿）。从这个不可思议突然涌出的快乐的泉水中洒下的水滴，散落在她心中黑黑的、昏昏欲睡的形影上；它们属于一个未被理解的世界，在黑暗中旋转，时而从这里或那里捕捉到一个火星；希腊、罗马、君士坦丁堡。尽管它很小，形状像一片竖立着的树叶，洒满金光的海水涌入海湾、在它的四周流动，她设想它在宇宙中也有着一席之地——即便是这样的一个小岛，对吗？她想在书房里的那些老先生是能够告诉她的。有时候她故意从花园进到里面去，就是为了看看他们在干什么。他们都在那里（可能是卡迈克尔先生或班克斯先生，又老又呆板），面对面坐在矮扶手椅上。她从花园进来的时候看见他们面前的《泰晤士报》乱七八糟，被翻得嚓嚓响，报上某人说了关于耶稣基督的什么事；在伦敦街上挖出了一头猛犸象的化石；或者猜测伟大的拿破仑长得什么样？然后他们用干净的手指（他们穿着灰颜色的衣服；身上有股石南植物的香气）把散乱的报纸归拢在一起翻阅，跷起二郎腿，偶尔简短地说句什么。她神情恍惚地从书架上拿下一本书来然后站在那儿，看她父亲写东西，他写得均匀整齐，从纸的一头写到另一头，偶尔咳嗽一声，或和对面的老先生简短地说上两句。她站在那里，书摊开着，心想，在这里，你可以让不论什么思想都像一片泡在水里的叶子一样伸展开来；如果你的思想在抽着烟的老先生和嚓嚓作响的《泰晤士报》之间进展良好的话，那么它就是正确的。看着父亲在书房里写东西，她想（现在是坐在船上）他最可爱，他最有智慧；他既不自负也不是个暴君。真的，如果他看见她在那里，在读着一本书，他会和任何人一样温和地问她，难道她不需要他给她点什么帮助吗?

她怕自己的想法错了，就看着正在读那本封面亮亮的又像鹬鸟蛋一样杂色花纹的小书的父亲。不，没有错。现在再看看他吧，她想大声对詹姆斯说。（但是詹姆斯的眼睛盯在船帆上。）他是一个爱挖苦人的畜生，詹姆斯会说。他总把谈话引到他自己和他的书上，詹姆斯会说。他是个令人难以忍受的利己主义者。最糟糕的是，他是个暴君。但是你看！她说，眼睛看着他。现在你再看看他。她看着他蜷着腿读那本小书；她熟悉那本小书的发黄的书页，却不知道上面写的是什么。书上的字很小，印得密密麻麻的；她知道在书的衬页上，他写着晚饭花了十五个法郎；葡萄酒是多少钱；小费给了多少；所有的花销都整整齐齐地加好写在了页末。但是这本在他的口袋里放得磨圆了书角的书中写的是什么，她却一点都不知道。他心里想的是什么他们谁都不知道。但他全神贯注在这本书中，以至于当他抬起头来时，就像现在这样，也不是为了看什么东西；而是为了更准确地搞清某个想法。搞清了以后，他的思想又飞了回去，埋头继续看起书来。他读书的时候，她想，就像是在带领着什么东西，或是轰赶着一群羊，或是在一条狭窄的小路上不断奋力攀登；有时走得又直又快，披荆斩棘前行，有时又似乎被树枝撞了、被荆棘刺痛了眼睛，但他可不会让这些东西战胜自己；他继续前进，翻过一页又一页。她则继续给自己讲述一个关于从沉船上逃生的故事，因为当他坐在那儿时她感到安全；安全，就和当年她从花园悄悄溜进房间去时的感觉一样，那时她拿下一本书，而那位老先生突然放低手里拿的报纸，简要地说了些关于拿破仑的性格的话。

她回过头越过海面凝视着那座小岛。但见这片树叶的轮廓已开始模糊。岛非常小；非常遥远。现在大海已经比海岸更为显要。波浪在他们四周起伏翻腾，一根木头在一个波谷中翻滚；一只海鸥在一个浪峰上飞翔。她手指玩着水，心里想，大概就在这里沉下过一条船，她梦一般恍惚地喃喃道，我们死去了，各自孤零零地死去。

11

这样许多的东西都取决于，莉莉·布里斯柯看着没有一丝斑痕的海面想道——它是如此柔和，船帆和白云似乎镶嵌在大海的一片蔚蓝之中——她想道，许多都取决于距离：别人离我们是远还是近；因为她对拉姆齐先生的感情随着他乘船在海湾中越驶越远而有了变化。似乎被拉长了，伸展开了；他似乎变得越来越遥远。他和他的孩子们似乎被那蔚蓝的大海，被那段距离所吞没了；但是在这里，在草坪上，近在咫尺之处，卡迈克尔先生突然扑哧了一声。她笑了起来。他抓起掉在草地上的书，像头海怪一样呼哧带喘地重新在椅子上坐好。这情况就完全不同了，因为他离得是这样近。现在一切又归于平静。这个时候他们一定都起床了，她看着宅子猜想道，可是那儿毫无动静。不过，她想起来了，他们总是一吃完饭就离开，忙自己的事去了。这和清晨时分的这份安静、这份空寂和这份虚幻非常协调。有时事物就具有这种特性，她逗留了片刻，望着闪耀的长窗和那缕蓝色的轻烟，心想：它们变得虚幻。因此在长期旅行后归来，或病后初愈，在习惯之网尚未覆盖一切时，人们也会有这种同样的虚幻感，使人感到十分吃惊；感到有什么东西在浮现出来。这时生活最最充满了盎然生机。你可以无拘无束。谢天谢地你不必装出轻快的样子穿过草坪，和走出屋子找个角落坐一坐的贝克威斯老太太打招呼，“啊早上好，贝克威斯夫人！今天天气多好啊！你真打算大胆地坐在太阳里吗？贾斯珀把椅子都藏了起来。请允许我去给你找一张来！”以及诸如此类的闲话。你根本用不着说话。你滑行于各种事物之间、之外，你抖动船帆（海湾里热闹起来，船只开始起航）。生活毫不空虚，而是充实得要溢流出来。她似乎深深地站在某种液体之中，在其间活动升沉，是的，这儿的水深不可测。里面倾入了这样多的生命。拉姆齐夫妇的、孩子们的，此外还有各种各样流落飘零的生命。一个拿着洗衣篮的洗衣妇；一只白嘴鸦；一丛开花的芦苇；紫色和灰绿色的花：某种共同的感觉把一切结成了一个整体。

也许正是这种完满的感觉，使得她在十年前站在几乎就是现在她站的这个位置上，说出了：她想必是爱上了这个地方。爱一千种形态。很可能有这样的恋人，他们的才能在于挑选出事物的要素，将它们置于一处，从而赋予它们一种它们本身的生活中并不具有的完整性，使某些场景和人们的相聚（现在已全部离开、分散）结合成一种紧密的球体，思绪可以长久徘徊其上，爱可以在上面嬉戏。

她的目光停留在了拉姆齐先生的帆船所形成的棕色小点上。她猜想午饭时分他们可以到达灯塔了。但风大了，天空起了些许变化，大海起了些许变化，船全都改变了位置，片刻以前还似乎令人不可思议地固定着的景色现在不能让人感到满意了。风把烟迹吹散了；船只的位置也有让人看了不愉快之处。

海上出现的缺少平衡的景象似乎破坏了她自己心中的某种和谐。她感到一种不可名状的苦恼。当她转向她的画时，这感觉更加强了。她把早晨的时间给浪费了。不知为什么，她无法在两个相对的力量——拉姆齐先生和她的画——之间找到关键的平衡，而这是必须具有的。也许是构思上有什么毛病？她在想，会不会是墙的那道线需要断开，会不会是那一片树林的颜色太浓重了？她嘲笑着自己；她不是在开始时就觉得她已经把问题给解决了吗？

那么问题究竟是什么？她必须抓住那个躲闪着使她难以捕捉的东西。当她想到拉姆齐夫人的时候它躲闪开了；现在当她想到她的画时它躲闪开了。词句出现了。幻想出现了。美丽的词句。但是她想要捕捉的正是那刺激神经的东西，是未被加工成任何东西之前的事物的本身。抓住它然后再从头开始；抓住它然后再从头开始；她不顾一切地说，同时坚定地再一次把自己摆在了画架前。人类用来绘画或感觉的设备是一台可怜的机器，一台效率极低的机器，她心想；总是在关键的时刻出毛病；你必须英勇地迫使它继续运转下去。她凝视着，皱起了眉头。没错，树篱在那里。但是通过迫切的恳求是什么也得不到的。你盯着那道墙线，或者想象拉姆齐夫人戴着一顶灰帽子，结果得到的只是眼睛被晃得什么也看不见。她美得惊人。她想，如果会来，就让它自动来吧。因为有的时候你既无法思考也无法感觉。而如果你既无法思考也无法感觉，她想，那么你身在何处呢?

在这儿的草坪上，在地上，她想道，一面坐下来，用画笔扒拉着一片车前草，察看着。草坪上杂草丛生。她在这儿，坐在这个世界上，她想，因为她无法摆脱这种感觉，今天早上发生的一切都是第一次，也许也是最后一次，如同一个在旅途上的人，即便他处于昏昏欲睡的状态，在向火车窗外看去时，也知道他现在必须去看，因为他再也不会看见那个城镇，或那辆骡车，或在田里干活的那个女人了。这片草坪就是世界；他们一起在这里，在这个高出来的车站上，她想，一面看着老卡迈克尔先生，他似乎和她有同感（虽然他们始终一句话也没有谈过）。也许她以后再也不会看到他了。他越来越老了。而且，她记得，看着那只摇摇晃晃地吊在他脚上的拖鞋，她不禁笑了起来，他也越来越出名了。人们说他的诗是“如此之美”。他们甚至把他四十年前写的东西也拿去出版了。现在有一个叫卡迈克尔的名人了，她笑着想到一个人可以有多少种形态，在报纸上是那样，但在这儿却和从前完全一样。他看上去还是那个样子——只是头发白多了。是的，他看上去还是那个样子，但是她回想起，有人说过，当卡迈克尔先生听到安德鲁·拉姆齐的死讯时（他是被炮弹击中后立即死去的；他本应成为一个伟大的数学家的），他“失去了对生活的一切兴趣”。这意味着什么——这样一句话？她琢磨着。他有没有抓着根大手杖行进在特拉法尔加广场上？他有没有独自坐在圣约翰树林自己的房间里，一再翻动书页却一个字也看不进去？她不知道当他听到安德鲁牺牲的消息时都做了些什么，但她仍能感到这件事对他的打击。他们仅仅在楼梯上碰见时含含糊糊地打个招呼；抬头看看天，说天气是好还是不好。但她认为这也是了解人的一种方式：了解轮廓而不是细节，如同坐在自己的花园里看山坡泛着青紫色伸向远方长满石南的草原。她对他的了解就是这样的。她知道他由于某种原因产生了变化。她从未读过一行他的诗。但她认为自己知道他的诗是怎么回事，节奏缓慢、音调铿锵。醇厚丰美。诗中写的是沙漠和骆驼。是棕榈树和落日。不带任何个人情感；它讲到死亡；很少讲到爱情。他身上有一种超然的气质。他很少对别人有什么需求。他不就曾经胳膊下面夹着报纸，带着几分尴尬蹒跚着走过客厅的窗口，尽力想避开他不知为何不怎么喜欢的拉姆齐夫人的吗？当然也正是因为这个原因，她总要让他停下来。他会对她鞠个躬。他会极不情愿地停下来，深深地一鞠躬。拉姆齐夫人很不高兴他无求于她，会问他（莉莉仍能听见她的声音）他要件外衣、一条小毯子，或者报纸吗？不，他什么也不需要。（此时他鞠了个躬。）她身上有某些品质他不怎么喜欢。也许是她的好支配人，她的过分自信，还有她的讲求实际。他总是那么直率。

（一个声音把她的注意力吸引到客厅的窗子上——是铰链的吱嘎声。微风在戏弄着窗子。）

一定有人非常不喜欢她，莉莉想（是的，她意识到客厅前的台阶上空落落的，但却对她毫无影响。她现在不需要拉姆齐夫人了。）——觉得她是太自信、太严厉的人。可能她的美貌也让人不舒服。多么单调，他们会说，总是一个样子！他们更喜欢另一种类型——肤色较深、活泼愉快。而且她在丈夫面前太软弱了。她听任他当众发脾气。再说她太沉默冷淡。谁也不清楚她怎么了。而且（再回到卡迈克尔先生和他对她的反感）谁也不可能想象拉姆齐夫人会整个上午站在这里画画、躺在草坪上看书。这是难以想象的。她会一句话也不说，只有胳膊上挎的篮子表明她出门有事，便到城里去了，去到穷人那里，坐在某个闷热不通风的卧室里。莉莉经常看到，在大家游戏或谈论情绪正高时，她挎着篮子挺直身子一声不响地离去。她曾注意到她回来时的样子。她曾既觉得好笑（她摆弄茶杯时是多么有条有理）又觉得感动（她的美真是惊人）地想，因痛苦而闭上的眼睛曾经望着你。你曾经在那儿和他们在一起。

然后拉姆齐夫人会因为有人迟到，或者黄油不新鲜，或者茶壶有裂纹生起气来。在她说黄油不新鲜的整个时间里，你会想到希腊的神殿，想到美曾经在那儿和人们在一起。她从不谈起她去的地方——她就那样准时直接去到那儿。她的本能要她去，就像燕子本能地飞往南方，洋蓟本能地向着太阳，她的本能使她无误地转向人类，在他们心中筑巢。正像一切的本能那样，它使没有这种本能的人感到不快；对卡迈克尔先生可能就是这样，对她则肯定是这样。他们两人都有点觉得这种行为是没什么作用的，这种思想是优越感的表现。她的这种行为对他们是一种非难，让世界往不同方向转折，他们看到自己的主张消失，因而使他们不得不抗议，并紧紧抓住在消失中的东西。查尔斯·坦斯利也像拉姆齐夫人那样：这也是人们不喜欢他的原因之一。他破坏了别人世界的平衡。她想，不知道他怎么样了，一面懒洋洋地用画笔扒拉着车前草。他得到了研究员的头衔，他结了婚；住在戈尔德绿地。

战争期间，有一次她走进一个礼堂，听见他在讲演。他在痛斥着什么：他在谴责什么人。他在鼓吹兄弟般的友爱。而她感到的只是，他怎么可能爱他的同类？他对画一窍不通，曾经站在她身后抽着劣质烟丝（“五便士一盎司，布里斯柯小姐”），而且认为有责任告诉她女人不能写作，女人不能画画，并不是因为他相信这一点，而是为了什么古怪的原因他希望是这样。现在他在那个讲台上，身材瘦削，满脸通红，声音沙哑，鼓吹着友爱（在她用画笔扒拉着的车前草丛中有许多蚂蚁在爬来爬去——充满活力的红蚂蚁，挺像查尔斯·坦斯利）。她坐在空着一半的礼堂里的座位上，嘲笑地看着他往那片冷飕飕的空间里灌注友爱，突然，她的眼前出现了随海浪上下起伏的那只旧木桶或是什么的东西，以及拉姆齐夫人在卵石中找眼镜盒的情景。“啊，天哪！真讨厌！又丢了。别麻烦了，坦斯利先生。每年夏天我都要丢失上千个眼镜盒呢。”听到这话他把下巴重新贴紧衣领，仿佛他难以认可这样的夸张，但是能忍受她这样说，因为他喜欢她，而且他还讨人欢心地笑了。他一定是在某一次出去远游，当人们分散开各自走回去时，向她倾吐过自己的心事。拉姆齐夫人曾告诉她，他负担小妹妹的学费。这是非常值得赞扬的。莉莉知道得很清楚，自己对他的看法很荒唐，她仍在用画笔扒拉着车前草。毕竟，一个人对别人的看法中多半都是荒唐的。这是为了服从于自己的个人目的。对于她来说，他是个替人受过者的角色。当她脾气上来之时，她发现自己就会鞭笞他那精瘦的两肋。如果她想认真地对待他，就不得不借助于拉姆齐夫人的言论，通过她的眼睛来看他。

她堆起一个小山让蚂蚁去爬越。她对蚂蚁世界的干扰使它们处于惶惶然的大混乱之中，不知该往何处去，有的奔向这边，有的奔向那边。

你需要五十双眼睛来观察，她想道。要看透那么一个女人，五十双眼睛都不够，她想。其中有一双眼睛必须完全看不到她的美貌。你最需要的是某种轻如空气的秘密官能，可以偷偷穿过锁孔，在她坐着织毛线活时、聊天时、独自默默坐在窗前时包围住她；像保存轮船喷出的烟的空气一样将她的思绪、她的想象、她的欲望都独自珍藏起来。树篱对她意味着什么，花园对她意味着什么，海浪撞击水花四溅对她意味着什么？（莉莉抬起头来，她看见拉姆齐夫人也是这样抬起头来的；她也听见了海浪拍击海滩的声音。）还有当孩子们喊叫着“怎么回事？怎么回事？”打板球吗？有的时候她的心里有过什么样的悸动和震颤？她会暂时停下手里的毛线活。她会带上专注的表情。然后她又会松弛下来，突然一直在踱来踱去的拉姆齐先生会在她面前停住，某种奇异的战栗会掠过她的全身，当他高高地站在那儿低头看她时，这震颤似乎将她抱住摇晃，使她极度激动不安。莉莉仍能看见他。

他伸出手，把她从椅子里扶起。不知怎的，好像他以前也这样做过；好像有一次他也是这样弯下身子，把她从船里扶出来，那条船停靠在某个小岛边，离岸有几英寸，需要绅士们这样把女士们扶上岸。那是一幕老式的情景，几乎应该出现用衬架支撑的女裙和上宽下窄的陀螺形裤子。拉姆齐夫人听任他扶自己上岸时心里想

（这是莉莉的推测），现在时候到了；是的，现在她要说出来了。是的，她愿意嫁给他。她从容地默默地上了岸。也许她只说了一个字，让自己的手仍握在他的手里。我愿意嫁给你，她可能这样说，手仍在他的手里；但仅此而已。他们之间一次又一次地产生过同样的激情——显然是这样，莉莉想，一面给她的蚂蚁平出一条路来。她并没有凭空捏造，她只不过是在展平人家多年前折叠起来给她的一件东西；一件她看见过的东西。因为在乱糟糟的日常生活中，周围老有那么多的孩子，那么多的客人，你不断有一种事物在重复的感觉——感到一件东西落在另一件东西已经落下之处，因而激起了回声，在空中震荡、回响。

但是，她想，把他们的关系这样简单化地看待可能是个错误，她想到他们怎样挽着手走过温室，她披着绿披巾，他的领带飞舞着。他们的关系绝不是单调的幸福狂喜——她冲动性急，他易怒忧郁。啊，不是的。卧室的门会在清晨被摔得砰砰响。他会怒冲冲地从桌旁跳起。他会嗖的一声把盘子从窗口扔出去。于是整幢房子里就会充满砰砰的开关门声和百叶窗的拍打声，像是一阵狂风袭来，人们跑来跑去急急忙忙想关紧门窗，使一切变得井然有序。有一天她在楼梯上碰见保罗·雷勒时就是这样。他们在那里像两个孩子般笑了又笑，那次的混乱仅仅是因为拉姆齐先生用早餐时在牛奶里发现了一条土蚣，连杯子带牛奶整个扔出，飞到了外面平台上。“一条土蚣，”保罗畏惧地喃喃道，“在他的牛奶里。”别的人可能会发现牛奶里有蜈蚣。但他在自己周围建立起了这样一道神圣不可侵犯的篱笆，以这样一种无比威严的派头占领着里面的空间，以至一只在他的牛奶里的土蚣也成了怪物。

但是这使拉姆齐夫人厌倦，也使她有点害怕——盘子嗖嗖飞出窗外和门的砰砰撞击。有时他们之间会出现长时间的僵持的沉默，这时她处于半哀怨半愤恨的心情之中，这使莉莉心里很不痛快，拉姆齐夫人此时似乎无法冷静地战胜风暴，或和他们一样一笑置之；但是她的厌倦之中也许掩藏着什么。她坐在那里沉思。过了一阵他就会偷偷在她附近逗留——在她坐着写信或聊天的窗前溜达，因为当他走过时她总会故意显得很忙，躲开他，装作没有看见他。然后他会变得柔如丝绸、和蔼可亲、温文尔雅，力图以此来赢得她的好感。而她仍不容他接近，并且在一小段时间里表现出和她的美貌相应的傲气和矜持，实际上她根本不是个骄傲的人；她会掉转头去；看着身后总是在她周围的明塔、保罗，或者威廉·班克斯。最后，站在这群人外面的饥饿的狼狗般的身影（莉莉从草地上站起身来，看着台阶、窗户，她曾在那里看到他），他会呼唤她的名字，只叫一次，活像一条在雪地里嗥叫的狼，但她依旧矜持，不容接近；然后他会再叫一次，而这次他声调中有什么东西唤醒了她，她便会向他走去，突然把他们大家都撇在一边，他们两人便会一起走开去，在梨树间、卷心菜和木莓畦间漫步。他们会一起把事情讲个明白。但是，以什么态度，什么语言？在他们的关系中存在着这样的尊严，使她、保罗和明塔转过身子，掩盖起他们的好奇和不自在的感觉，开始摘花、扔球、聊天，直到吃晚饭的时候，他们两人又和平常一样，他坐在桌子的一头，她在另一头。

“你们为什么没有人搞植物学？……你们胳膊腿伸得哪儿都是，为什么没有一个……？”他们就这样和平常一样笑着，和孩子们谈着。一切都会和平时一样，只有在他们之间不时出现和消失的悸动，如同微风中的一片草叶，就好像孩子们坐在那里喝汤这个平常的景象，当他们在梨树和卷心菜之间度过了一个小时之后，也在他们眼中变得新鲜了。特别是，莉莉想，拉姆齐夫人会看着普鲁。她坐在兄弟姐妹们中间，似乎总是在忙着，照料着不要出差错，因此自己很少说话。为了牛奶里的那条土蚣，普鲁肯定没少责备自己！拉姆齐先生把盘子扔出窗外时，她的脸变得多么苍白啊！在她父母间长时间沉默之时，她是多么沮丧！不管怎样，她的母亲现在似乎在做出弥补；让她放心一切都很好；向她保证将来有一天她也会有同样的幸福。但是这种幸福普鲁只享受了不到一年。

她让花从篮子里掉了出来，莉莉想道，一面眯起眼睛退后一步，好像是要看自己的画，然而她并没有在画，她所有的感官都处于恍惚状态，表层凝冻但表层下面却在高速活动。

她听任花从篮子里掉出来，把它们抛撒在草地上，然后勉强而犹豫地、但没有任何疑问和怨言地——难道她不是有着俯首听命的本领吗？——也离开了。沿着田野、穿过白色的、铺满鲜花的山谷——她原可以这样来画的。那些山很庄严。山岩陡峭。海浪撞击在山脚的岩石上，发出粗沉的声音。他们三个人一起走去，拉姆齐夫人在前面走得很快，好像她期待着在拐弯处和什么人相遇似的。

突然，她正在看着的那扇窗子被后面的什么浅色的东西衬得泛白。就是说，终于有人走进客厅了；有人坐在那张椅子里。老天保佑，她祈祷着，就让他们安静地坐在那里，可别乱跑出来和她说话。幸运的是，不管这人是谁，他一直待在里面；而且待的位置正巧在台阶上投下了一个奇怪的三角形阴影。这稍稍改变了画面的构图。真有意思。可能很有用处。她又恢复了好心情。你必须一刻也不松懈自己强烈的感情一直盯着看，决心不让任何东西影响自己，使自己分心，不被迷惑。你必须把这个景象——像这样——紧紧钳住，不要让任何东西进来破坏它。你需要，她一面不慌不忙地用画笔蘸颜料，一面想道，把体会放在普通的生活经验的水平上，去感受那是把椅子，那是张桌子，而同时又感到，这是个奇迹，这使人狂喜。终究这个问题是可以解决的。哎呀，出了什么事？一阵白浪从窗玻璃后掠过。一定是空气引起了室内的骚动。她的心猛烈地跳动起来，使她窒息，感到极度痛苦。

“拉姆齐夫人！拉姆齐夫人！”她大声呼喊，感到昔日的恐惧又回来了——不断希望得到却从来得不到。拉姆齐夫人仍然能够给予她这样的痛苦吗？后来她仿佛默默地克制住了自己，这也成了普通的生活经验的一部分，和椅子，桌子处在了同一个水平上。拉姆齐夫人——这完全是出于她对莉莉的好意——就那么坐在椅子里，手里的毛衣针舞动，织着那双棕红色的长袜，影子投在台阶上。她就坐在那儿。

她似乎有一样东西必须和别人分享，然而又无法离开画架。她心里充满了她正在想到的和她正在看到的东西。莉莉手里拿着画笔走过卡迈克尔先生，来到草坪的尽头。现在那条船在哪儿？拉姆齐先生在哪儿？她需要他。

12

拉姆齐先生差不多快要读完那本书了。一只手停留在书页上，似乎是准备好一读完马上就翻过去。他坐在那里，光着头，海风吹乱了他的头发，全身暴露在大自然之中。他看上去很老。詹姆斯觉得，他的头一会儿在灯塔的衬托下，一会儿又在流向广阔的大海的大片海水的衬托下，看上去很像躺在沙滩上的古老的岩石；他看上去好像是把他们两个人心底里一直存在的那个想法身体力行了——那份对他们两人来说是万物的真谛的孤独。

他读得非常快，好像他急于要看完它。真的，他们现在离灯塔已经很近了。它高耸在那里，僵直地站立着，黑白两色亮得耀眼，你可以看见海浪在岩石上撞击成碎玻璃一样的白色碎片。你可以看见岩石上的条纹和皱折。你可以清楚地看见灯塔上的窗子；其中一扇上还有一小片白色，岩石上有一小丛绿色。一个男人走出来拿望远镜看了看他们，又走了进去。原来就是这样，詹姆斯想，你多少年以来一直从海湾的另一面看到的那座灯塔；这是一座建立在光秃秃的岩石上的僵直的塔。它使他感到满意。它证实了他对自己性格的某种模糊的感觉。他想到了家里的那座花园，他想，那些老太太们把椅子在草坪上拖来拖去。比如说老贝克威斯夫人，她就总说这多好啊，多可爱啊，他们该多么自豪多么幸福啊，但是事实上，詹姆斯看着耸立在岩石上的灯塔，心里想，也就是这样。他看了看紧紧蜷缩着腿使劲看书的父亲。他们两个人都知道这一点。“我们在风暴中航行——我们注定要沉没。”他开始自言自语地说，半低着声音，和他父亲说的时候一模一样。

似乎好久没有人说话了。卡姆看海看得厌了。黑色软木浮子的小碎片漂了过去；船底的鱼已经死掉了。她的父亲仍旧在看书，詹姆斯看着他，她看着他，他们曾发誓要至死与暴行斗争，而他对他们的想法毫无所知，继续看他的书。他就是这样逃脱了的，她想。是的，他带着他那大脑门，大鼻子，把那本有杂色斑纹的小书坚定地举在面前，他逃脱了。你可能会试图抓住他，但他会像只小鸟一样展开翅膀，翩然飞到远远的你够不着的什么地方，停在某个荒凉的树桩上。她凝视着一望无际的大海。那个小岛已经变得这样小，看起来已经不再像一片叶子了。它像一块岩石的尖顶，一个大浪就能淹没掉。然而在它脆弱的躯体上有着那么多小径、平台、卧室——所有那些不可胜数的东西。但是如同即将入睡时的感觉那样，一切都变得简单化了，在无数的细节中只有一个细节有力量把自己突现出来，当她昏沉地看着那个小岛时，她就是这样感到所有那些小径、平台和卧室都在隐没消失，只剩下一只浅蓝色的香炉在她心里有节奏地摆来摆去。这是一个多级平台花园；这是个山谷，充满了小鸟、鲜花和羚羊……她渐渐睡着了。

“来吧。”拉姆齐先生突然合上书，说道。

来什么地方？去从事什么样非凡的历险？她一惊，醒了过来。在什么地方上岸，攀登上什么地方？他要把他们带到什么地方去？因为在那么长久的沉默以后，他突然说话把他们吓了一跳。不过这是愚蠢的。他饿了，他说。是吃午饭的时候了。再说，看呀，他说，那就是灯塔。“我们马上就要到了。”

“他干得很好，”麦卡利斯特夸奖詹姆斯道，“他把船保持得很平稳。”

但是他的父亲从不夸奖他，詹姆斯冷冷地想。

拉姆齐先生打开包，把三明治分给大家。现在他和渔民一起吃面包和干酪，感到很快活。他倒很想能够住在一所小木屋里，在码头上闲逛，和别的老头儿一起嬉笑怒骂，詹姆斯看着他用单开小刀把干酪切成黄色的薄片时，心里在想。

这就对了，就是这样，卡姆剥着煮鸡蛋时心里不断在想。现在她的感觉和在书房里看老先生们读《泰晤士报》时一样。现在我可以继续爱想什么就想什么，不会摔下悬崖或被淹死了，因为他就在那儿，照看着我，她想道。

这当儿，他们正急速沿着礁石航行，让人十分兴奋——他们仿佛同时在做着两件事情；他们在阳光下在这儿享受午餐，同时也在风暴中沉船后逃向安全地带。淡水够维持他们吗？食物够吗？她问自己，给自己编述一个故事，但心里明白什么是真实情况。

他们很快就会脱离这一切了，拉姆齐先生正在对老麦卡利斯特说；但他们的孩子们会看到一些奇妙的事情的。麦卡利斯特说他三月份满了七十五岁；拉姆齐先生七十一岁。麦卡利斯特说他从来没有看过医生；一颗牙也没有掉。我希望我的子女也能这样生活——卡姆肯定她的父亲也在这样想，因为他阻止她把一块三明治丢进海里，对她说，她要是不想吃就应该把它放回纸包里去，好像他在想着渔民和他们是怎样生活的。她不应该浪费。他的话说得非常有见识，似乎他对世界上发生的一切都一清二楚，她立刻就把三明治放回到了纸包里，然后他从自己的包里拿出一块姜汁饼干给了她，她想，他仿佛是一个伟大的西班牙绅士，把一朵鲜花献给窗前的一位女士（他是如此彬彬有礼）。但他衣着寒酸朴素，吃的是面包干酪；然而他正带领着他们进行一场伟大的探险，但他们会不会全都淹死亦未可知。

“那条船就是在这里沉下去的。”麦卡利斯特的儿子突然说道。

“三个男人就淹死在我们现在在的这个地方。”老头儿说。他亲眼看见他们紧抱着桅杆。拉姆齐先生看了一眼那个地方，詹姆斯和卡姆觉得他恐怕会脱口念出：

但我在波涛更为汹涌的海底，

而如果他真这样做的话，他们可无法忍受；他们会大声尖叫；他们无法忍受他胸中沸腾着的激情的再一次爆发；但是使他们惊奇的是，他只说了声“啊”，仿佛在对自己说，干吗要大惊小怪？风暴中有人淹死是十分自然的事，简单明了，海底深处（他把包三明治的纸上的碎渣撒在了海里）也不过是水罢了。点燃了烟斗以后他拿出了怀表。他专注地看着表；也许他做了个算术运算。最后他得意地说：

“干得好！”詹姆斯舵掌得像个天生的水手。

瞧！卡姆想着默默对詹姆斯说。你终于得到了。因为她知道这正是詹姆斯一直想得到的，她知道现在他得到了，会高兴得不去看她，也不看他的父亲或任何人。他坐在那里手抓着舵柄，身体笔直，神情阴沉，微皱着眉头。他非常高兴，不愿任何人分走一点点他的喜悦。他的父亲夸奖了他。他们一定会以为他对此毫不在乎。但是你现在得到了，卡姆想。

他们已经抢风转变了航向，现在正在急速前进，轻快地在浪头上颠簸，滚滚而来的长浪以极其明快的节奏欢欣地把他们沿着暗礁从一个浪尖推送到又一个浪尖。船的左侧，一排呈现出棕色的岩石露出海面，岩石逐渐减少，也变得绿了一些，波浪不断撞击其中一块较高的岩石，浪花被击碎溅落，迸出一小股水珠，喷洒而下。你可以听见水的拍击声和水珠落下的嗒嗒声，以及海浪翻滚跳跃拍击岩石时发出的一种低沉的呼啸声，仿佛它们是群无拘无束的野兽，永远像这样翻腾打闹不止。

现在他们可以看见灯塔上有两个男人在看着他们，准备迎接他们。

拉姆齐先生扣上外衣，卷起裤腿。他拿起南希准备的那个包得很不像样的大牛皮纸包，放在了膝盖上。他做好了上岸的一切准备，便坐在那儿回过头去看他们住的小岛。他的远视眼也许能清楚地看见那变小了的树叶形的小岛竖立在金色的盘子上。他能看见什么？卡姆琢磨着。在她眼里一切是一片模糊。他现在在想些什么？她琢磨着。他这样坚定、这样热切、默默寻求的是什么？他们看着他，两个人都在看着他，他光着头坐在那里，膝上放着纸包，久久地凝视着那隐隐的蓝色轮廓，它就像什么东西燃烧后留下的烟雾。你想要什么？他们俩都想问。他们俩都想说，不管向我们要什么我们都会给你的。可是他什么也没有向他们要。他坐在那里看着那个岛，可能在想，我们死去了，各自孤零零地死去，或许他在想，我终于到达了。我终于找到了，但是他什么话也没有说。

然后他戴上了帽子。

“拿上那些纸包。”他向南希给他们准备好带到灯塔上去的东西点了点头，说道。“给看灯塔的男人的纸包。”他说。他起身站在船头，笔直、高大，詹姆斯想，他完全像是在说，“根本没有上帝。”卡姆想道，他像是在跃入太空；当他像个年轻人那样抱着纸包轻盈地纵身跳上岩石时，他们俩都站起身来跟在了他后面。

13

“他肯定已经到了。”莉莉·布里斯柯大声说道，突然感到精疲力竭。因为灯塔已经几乎看不见了，融化成了一片蓝色的雾霭，为看清灯塔和想象他在那里上岸所作的努力，这两者似乎是完全一样的努力，已经使她的身心紧张到了极点。但是，啊，她现在感到宽慰。当他清早离开时她想给予他的不论什么东西，她终于给了他了。

“他已经上岸了，”她大声说道，“结束了。”这时老卡迈克尔猛地起身，轻轻地喘息着站在她的身旁，看上去像个年老的异教之神，不修边幅，头发上沾着野草，手里拿把三叉戟（其实只不过是本法国小说）。他挨着她站在草坪的边上，肥胖的身子微微摇晃着，手遮在眼睛上方，说道，“他们就要上完岸了，”于是她感到自己的想法是对的。他们不需要交谈。他们想着的是同样的事情，用不着她问他任何问题他就回答了她。他站在那儿把双手伸向人类所有的弱点和苦难，她觉得他是在宽容地、同情地审视着人类的最后命运。当他的手慢慢落下时，她想，现在他已经圆满地结束了这一幕，她仿佛看到他让一个紫罗兰和长春花编成的花环从他那高高的地方落下，花环慢慢飘落，最后落在了地面上。

她仿佛受到了那边什么东西的召唤，迅速转向她的画布。它在那儿——她的画。是的，它有着绿色和蓝色，有着上下左右的线条，以及它所企图表达的什么，全都在那儿。它会被挂在阁楼上，她想，它会被毁坏掉。但是那有什么关系呢？她问自己，再一次拿起了画笔。她看着台阶，上面空落落的；她看着画布，上面一片模糊。在突如其来的激情之下，仿佛她刹那间清楚地看到了它，她在画布的中央画上了一道线。画完了。结束了。是的，她在极度疲乏中放下画笔，心想，我已看到了最美好的景象。